U0096542

雲水無心

自在主人 著

〈自序〉

禪心如雲水，無心而成文……

生於凡塵無卓異，
活出自我是主人；
雲水無心無拘礙，
禪心喜樂見本眞。

——自在主人　自題詩

從小我就很喜歡文學，中學時代經常寫文章投稿報紙刊物，雖然沒什麼太大的斬獲，卻被同學戲稱爲「小作家」。

國中時，有一位同學，很欣賞我的文章，由於同路，我們放學時經常一起走回家。有一次在路上，聊著聊著，她說：「妳以後出書要送我一本喔！」「出書？」那時我覺得眞是一個遙遠的天方夜譚啊！也許這只是隨口說說的恭維話吧，當時我並沒有當一回事。不意這句話，卻從此潛入我心底，一直銘記到現在……。

高中畢業、聯考結束後，由於失去了固定練習作文與寫週記的鞭策，以及老師同學的鼓勵，也就缺乏了寫作的動力，我很少有心思再提筆爲文。如此時光約有十年……。

直到民國八十一年，因緣際會踏入了佛門，我開始了自己的修行之路，從此感覺變得敏銳起來，心思變得豐富起來，思維變得深刻起來……，生活中、修行上，許許多多的感觸、體悟與心情，讓我不得不提筆寫下來抒發表達！點點滴滴，十幾年下來，竟寫了十幾本的修行筆記！這些都是無心爲文所累積的！其中有佛理的體悟與思惟、生活中的修行心得，以及因修行而獲得的生活喜樂等。

對於佛法，我契心於禪門所提倡的生活修行。禪門講穿衣吃飯、挑水砍柴皆是修行；行住坐臥不離禪；要在「一花一世界，一葉一如來」中參悟禪機；要從「鬱鬱黃花無非般若，蒼蒼翠竹皆是法身」中了達萬法唯心……，這些，一一都在我的修行生活中體證而得到法喜！可說生活即修行，修行即生活，一切不離禪，一切皆是道！正如《金剛經》上面說的：「一切法皆是佛法。」只看人如何去領悟體會了。

十幾年的佛法與禪悟的修行，我眞實體會到，修行生活本身就是禪的體現，禪法禪喜就在修行生活中流露透顯。在無心機、無造作，任運隨緣之下，活脫脫的心自然而有不同的心境感觸，因此而抒發為文，也自然而然的具有不同面貌了——一切都是因緣所生，而沒有固定的法則的。

我在十幾年、十幾本的修行筆記中，選出一些比較生活化的、不涉深奧佛理的札記，加上幾篇這些年專文寫作的篇章，以及最近三年我在網路上幾個部落格所發表的隨興小記等，匯集而成這本《雲水無心》生活禪風的「散文・小品・詩」集。部份文章發表在網路上時，很得網友的喜愛。因而希望這本集結的書，能將我修行生活中的禪喜、心情，正式的分享給社會大眾。

這本集子，集結了近十年的稿子，由於都是無心而為文，所以並沒有什麼刻意的規畫，大體上依性質與類別，分成四大部份：〈生活禪心〉是單篇的生活散文；〈閒雲小札〉是隨手簡短的心情日記；〈心靈的珍珠〉是我體悟的生活禪小語；〈閒雲心詩〉則是以新詩形式記錄的片刻情致——而以寫作的時間先後為序並穿插了幾幅我的繪畫與書法作品。有感性，有理性；或嚴肅，或輕鬆，隨心變化，如雲如水而沒有定跡定向，所以我將集子命名為《雲水無心》。

「雲水無心」原是我的網站名稱。此名稱的由來，實緣於為我辦理皈依的道場。

民國八十四年，在我自己修行三年之後，內心覺得十分迫切需要一個皈依佛門的儀式。當時因緣際會，認識慈雲寺的出家師父們，那是一處禪宗的道場，於是便藉這裡來圓滿我皈依的心願。

位於南投水里的慈雲寺，其標識的名稱爲「無心山禪宗專修道場」，他們在台中市有處道場，叫做「雲水僧堂」，我一時靈感，便將二名組合，成爲「雲水無心」，詮釋了禪意禪心，如雲如水，無心造作，自在悠遊、無掛無礙的清淨妙樂。我也將此寫成書法，掛在我的閒雲居。

現在，就將這「雲水無心」的生活禪悅，心靈喜樂，分享給您，希望能爲您打開悅樂的心窗，在您自己的生活中，也能發現禪喜，而得到無限的生命妙樂！

阿彌陀佛！

自在主人

序於台中太平閒雲居

民國九十九年仲春四月十四日

〈目錄〉

生活禪心

閒雲小札

心靈的珍珠

閒雲心詩

生活禪心

生活即是禪　禪即是生活　雲水無心　隨緣自在……

海濤澎湃伴書讀

——太平洋濱的學校

隨著孩子們的成長，在大女兒國三，要升高中時期，我常與她分享自己昔日的中學生活。雖然大學時代多采多姿的日子，早已成爲我記憶中鮮明的一頁，然而，那遠在東部、依山傍海、伴我度過三年少女歲月的學校—花蓮女中—卻更常在我心深處低迴，縈繞不已……

學校位在花蓮市區東北郊、花崗山上，南邊有花崗國中和救國團，往北是靜美明澈的美崙溪。學校後門面對太平洋，隔條馬路，就是美麗的海濱公園，一眼望去，大理石鋪設的人行步道上，種植著一長排椰子樹，迎著碧海，在陽光下舒放著鮮綠的光芒。

高中三年，我每天迎著晨曦彩霞，從山邊的家出發，騎車到這海邊的學校。高一時，教室靠近前門，我們從大門進校，穿過繽紛的杜鵑花叢（花女的校花）到教室。高三時，教室靠近後門，我這才有機會天天沿著海邊，一路騎單車，迎著海風、看著大海上下學。從教室靠海邊的窗戶，就可以透過樹籬縫隙看見海的藍色，坐在教室裡，我常這樣「偷窺」尋找海的身影。

高二的時候，我常在下課時，獨自一人，登上校舍二樓樓頂看海——身後是蒼翠沉靜而雄偉的山巒，眼前是一望無際碧藍藍的太平洋，抬頭是澄淨透藍的廣大天宇——天地的遼闊，盡在年少的胸懷中。

海風拂襟，不由得哼起一首那時流行的校園民歌，由王海玲唱的詩人鄭愁予的「偈」：「不再流浪了，我不願做空間的歌者，寧願是時間的石人。然而，我又是宇宙的遊子。地球你不需留我，這土地我一方來，將八方離去……」一邊哼著，一邊沉思著天地、沉思著宇宙人生，做著哲學家的夢，思索這空靈、微妙、深邃而沒有答案的思索……。

操場邊、教室前，有一座小涼亭，叫做「陽明亭」，是我們下課後讀書談心的小天地。紅色的柱子上頭，書寫著一副對聯：「學問要如太平洋的博大；品格要如中央山的崇高。」我很喜歡這副對聯，不時咀嚼著，「太平洋」、「中央山」的字眼，更不時在我心中激盪著，激盪著一份屬於年少的昂揚的心。

學校在課業方面，給予我們很大的自由自主空間，除了定期月考、平時作業，沒什麼其他考試。這使我們學習體認——讀書求學問，是自己的事；也使我養成主動讀書、自我鞭策的習慣——這樣的態度與習慣，至今仍影響著我，成爲我終生學習的驅策力。

學校雖也有屬於智育方面的能力分班，但並不太強調，一切的措施、活動，舉凡教學、考試、藝能課、各項文武比賽等，並沒有差別，也不影響班際之間的交誼，感覺上大家都是平等友善的。這種氣氛很輕鬆自在。

高一高二，有各種藝能課，音樂課、美術課、家政課，都是我喜歡的。我至今還記得音樂課唱了些什麼好聽的歌、美術課畫了些什麼畫、家政課又製作了哪些玩藝兒。我記得音樂老師在有音響與隔音設備的音樂教室給我們聽韓德爾的「哈雷路亞」，聽得我感動萬分，還跟我們講了有關韓德爾這首「哈雷路亞」演出時有名的故事。美術課是我的最愛，兩年美術課有素描、水彩、國畫、美術設計等。那時畫的幾幅國畫菊花、山水，至今我還保留著呢。家政課時鉤的一雙毛線娃娃鞋，現在也還在我的抽屜裡。

這些藝能課，可眞是實踐了孔子的「游於藝」的精神，讓我盡情揮灑年少的才情。體育課、軍訓課，則展現了我們的青春活力。

由於父親是軍人，從小我也耳濡目染了一些關於軍人的教育訓練，所以軍訓課唱起雄赳赳、氣昂昂的軍歌，對我來說，眞是親切，很多軍歌，我從小就會唱。我們班還得到軍歌比賽第一名，代表學校參加全縣的軍歌比賽得到了第三名。那準備比賽期間每天課後練唱的操演，至今依然記憶猶新。

學校每天的作息裡，有早晚自習時間，大家都安靜的讀自己的書，沒有哪個老師會拿來上課或考試，我常用來加強自己比較弱的科目，這樣好方便請教同學。

平時下了課，同學們談論的話題常常是各人所讀的課外書，有文學的、哲學的、社會寫實的……，有人討論白先勇、張愛玲；有人討論尼采、叔本華；有人討論王國維、金聖歎；有人討論戴笠、杜月笙……等等。偶爾會討論電視節目。那時有名的「楚留香」，大家不時會談論，不過我很少看，不大清楚劇情，只知道有個很帥的「楚留香」。

不過，沒看電視，卻不影響同學間的「人際關係」，大家討論得比較多的還是課外書，或是重要的國家大事。那時正值中美斷交，國情激憤，班上有位同學，寫了一首罵卡特的詩，在某大報的副刊登出來，那位同學下課時候，把詩唸給我們聽，她說：「我這根本不像詩，只是一直在罵卡特（當時的美國總統），結果就登出來了。」意思是叫我們也去投稿，（在當時舉國憤慨的氛圍下）只要喊喊愛國，就可以混點稿費什麼的，眞是有趣。

那種自由自主的讀書風氣眞好，沒有所謂的「競爭」，也不知升學「壓力」爲何物，大家卻都積極的讀自己的書，日子過得眞是充實又快樂。就這樣，在畢業那年，我如願順利考取了國立大學的中文系。

如今事隔二十餘年了，母校校舍多已改建，陽明亭也早已回歸塵土，然而，不變的仍是那山的擁抱、海的呼喚，以及純樸自由的學風。每當我回到花蓮，在街上、在書店裡，看到那穿著白衣黑裙、肩背陰丹士林藍布書包的氣質清秀的花女學妹們，就會喚起我心深處的懷念，懷念那一段在太平洋濱讀書、讀山和讀海的歲月，歲月依舊在我心海裡澎湃著，一如那海濤的澎湃……。

（原作於民國91年4月・98年1月14日整理）

以你為榮

——寫給父親

父親不是達官顯貴，更非名流巨賈，也未曾獲得什麼特殊的榮銜。父親只是一位平凡的父親、盡責的醫生。然而他自幼奮鬥的精神、教育我們的態度、和立身處世的人格、慈悲爲懷的風範，卻給了我們深遠的影響，每每想起，便恍如心中的太陽；年歲愈長、時代愈紛擾，愈加深我對父親的敬意……。

父親是軍醫，國防醫學院畢業，有著雄赳赳、氣昂昂的軍人氣宇，以及仁心仁術的菩薩心腸。小時候，每逢軍醫院的「莒光日」，看到父親穿著軍服上班，深綠色英挺的軍裝，肩上別著亮閃閃的軍階徽章，眞叫我們小孩打從心裡崇拜，彷彿英雄就要出征。

長大後，父親常與我們談起他當年考取國防醫學院的艱苦歷程。原來父親年幼時，家鄉在大陸廣東梅縣，因爲家貧，讀沒幾年書就輟學了，必須到處打零工貼補家用。對日抗戰投軍，便隨部隊來台，所幸讀過一點書，可免去辛苦的操練，而擔任軍中文書的職務。後來在醫事訓練中心受訓兩年，便進入醫療單位服務。因感所學不足，便想報考國防醫學院。爸爸靠著自己艱苦的自修，考了兩次，終於考取了。實在令我們深深讚佩！

父親在軍醫院服務期間，負責盡職，很得長官的賞識及病人的敬愛，當選過幾屆模範軍醫，還曾獲頒過國軍的忠勤勳章。

父親淡泊名利，長年居東部，與世無爭。五十幾歲時，晉升上校，原來醫院想讓父親接任軍醫院院長，父親因不喜人事行政等複雜費心力的管理工作，性好單純自由，於是辦理退伍，在自己家裡開業。其後，有許多醫院提出高薪聘請，父親仍然忠於自己的選擇。

父親凡事以病人爲優先。吃飯時，有病人來，便即刻放下碗筷，先去看診；半夜三更，病人敲門急喚，父親便起身批衣，開門應診。父親總是說：「人家半業來找我，都是急症，怎麼忍心不管。」在我自己有了小孩，每遇孩子生病半夜發燒，而沒有診所可以敲門，只有自己憑一點醫學常識想辦法熬到天亮時，就深深體會到父親的慈悲心腸。

父親住在東部，東部窮苦人比較多，父親看診，總是收費低廉，遇到眞的窮苦人，往往不收錢，病人常帶著感激的心離去。看診時，更是細心週到的診察病情，有時還拿紙筆爲病患解釋身體器官、相關病因等，把病患當親人、當朋友，沒有醫生的架子，看過的病患，都很感念他。

父親一生儉樸，家中始終未曾裝潢，也沒有豪華的家具，沒買過名牌服飾，一切以實用爲原則。很多人勸他：「大醫師該買部車子了！」父親總是幽默的說：「我有車啊，我還有司機呢，我打電話一叫就來，又不用花錢買車養車、養司機，到了地方，付了一點錢就逍遙去玩，也不用找停車位，眞是輕鬆又省錢。」生活喜歡簡單自在的父親，不喜歡爲車子傷腦筋，有需要時就叫計程車。

父親有傳統儒家悲憫的胸懷，以及中國讀書人重視氣節的操守。他欣賞陶淵明，每每讀到不慕榮利、富貴於我如浮雲之類的文章，就會將我喚去，一同分享讚嘆。花蓮一個著名的宗教慈善團體，曾向父親勸募一筆錢，說「捐了就可以讓你出名，享有某種地位。」父親說：「我才不要出名咧！而且我也沒那麼多錢！」（父親倒是經常作小額的捐款給需要的慈善團體）父親對我們說：「出了名，人家經常要來找你，推都推不掉，才不自由呢！」

父親生活嚴謹，教育我們子女，嚴格而不嚴厲，有一種威而不猛的法度。平時只要我們功課做好了，他都給我們很大的自由空間，做自己喜歡的事，像寫書法、畫畫、聽音樂、看課外書等，他都不干涉。

父親注重我們人品道德和生活規範的養成，常買些忠孝節義的傳記故事書，和文學名著等給我們閱讀。小學三年級起，即長期訂閱國語日報來增進我們的國語文能力。稍長，又買些四書、菜根譚、增廣昔時賢文、詩詞欣賞等古典文學方面的經典名著和歷史書等，他自己讀，也教我們讀，不時還跟我討論。所以我學生時代的國文科一向是輕鬆得高分的拿手科目。

平常吃飯時，父親常教我們把飯菜吃乾淨，他自己則將盤底菜湯加開水作成湯喝，還高興的說：「營養都在這裡呢！」颱風過後，吃飯時，母親向父親說：「菜價上漲了！」父親也總是笑嘻嘻的說：「不貴不貴，農人損失多，更可憐辛苦呢！」

父親勤奮好學，在開始有「空中英語教室」時，就訂雜誌，每天晚上按時收聽，達好多年，出國旅遊就沒問題了。平常手不釋卷，讀醫學書之外，還喜歡讀文史書、練毛筆字。父親的字，端正工整，每年寫賀年卡寄給朋友，一定用小楷毛筆端正書寫。

父親就是這樣，在平常生活中，以身教給予我們正向的人生觀、價值觀、做人處事的道理，以及規律有序的生活方式，以使我們在日後，不致因社會價值觀混淆、時代潮流變化萬端而徬徨迷失，依然能以正向的信念、深厚的自信，穩健的走在自己的人生道路上……，這一切，都要深深感謝父親給我們的家庭教育。

父親雖然自己學醫、當醫生，卻不會要求我們得唸醫學院來繼承衣缽，而是尊重我們的興趣和選擇，順著我們的性向儘量去發展。平常生活中、功課上，也不曾要求我們一定要達到什麼標準，有一點好的表現，便很誇張的大加讚美，使我們信心滿滿；表現不佳時，便耐心的給我們指導，想法子解決，很少責備我們。近年我常讀到報章上有關親子教育的文章，便覺得那些專家所說的教育方法，都還沒有超越我父親教育我們的這些方式態度呢。

父親已年逾七十歲，人生的重擔算是卸下了，診所裡還來幾個熟病人，看看診，助人兼當作生活的排遣，依然每天清晨去爬山。現在和母親兩老住在花蓮。體貼的爸爸常叫媽媽不用做飯，兩個人出去吃自助餐就好，出去吃飯，父親總是客氣的向餐廳老闆道謝。在家都會幫忙做家事，我們有時勸他別辛苦，手裡正拿著拖把的父親總是笑說：「我運動運動嘛！」父親假日常和母親去逛街走走，也常帶著母親出國旅遊，眞是自在又愜意。

父親節快到了，我希望用這篇文章，祝福爸爸：「父親節快樂！」願爸媽身體依然健朗，可以常常相偕，遊於天涯海角，徜徉名山勝景，共享明月清風……。

（原作於民國91年父親節前夕．99年3月日整理）

蘭花開了

蘭花開了！院子裡的蘭花開了！

三朵紫色、小孩手掌般大的蘭花，掛在抽出的芽莖上。

那是長橢圓形，有點透明暈染的紫色花瓣，而中間下垂特化像勺子形的唇瓣，是深紫色的，靠裡面橫著一道豔黃的色帶。

從前對於這種西洋蘭，不是十分欣賞。我喜歡的是細細長長的中國蘭，有著淡雅飄逸之姿，顯得清雅脫俗；對於寬葉濃豔的西洋蘭沒什麼興趣。今天看到自己種的這盆蘭花，竟然開花了，仔細端詳、欣賞，覺得「她」，還真的好美！美不在形色，而在於這段因緣……

大約兩年前，我在家門前空地亂草叢中，發現了幾株被人丟棄的洋蘭，沒有花，沒有盆，只有一些殘葉，我也不知是什麼品種。聽說蘭花是很嬌貴的，一盆可是身價不凡，今天卻被丟棄在這亂草叢中，

蘭花開了

心中煞是惋惜！看那幾株葉子仍青，想來還可存活，就把「她們」救起。原來根叢纏抱的植土多已散掉，我便撿拾起一些，再用一般泥土補充，找幾個花盆種了起來。

我也不懂如何養蘭，聽說不能直接晒太陽，要有點遮陰，我也不管，反正就擺在院子地上，與其它盆栽並列，任由它們承受露天的風吹日晒雨淋。平常一兩日院子澆水時，就順便澆澆，心想只要「沒死」，也就算是救它們一命的「功德」了，從來沒有特別照顧呵護。偶爾想起，便「餵」它們一些蘭花肥料。一切如此而已，也不指望什麼。

前兩天忽然看到有兩盆抽芽了，本以為又是長葉子，後來看到結出了花苞，我這才興奮注意起來。到了今天，竟然開出了三朵美麗的紫色的蘭花！另一盆也掛了五個花苞準備綻放！

啊！我眞是辛苦有回饋呀！（呵呵，其實，我無為而治，也不算辛苦啦！）彷彿「她們」在「報答」我的「救命之恩」，「感謝」我兩年的照顧一般。

好棒喔！眞是不簡單！我歡喜得打電話給遠在花蓮的爸媽分享這個「喜訊」，還特別將那盛開的一盆，捧進屋內，供養我的觀世音菩薩。

我仔仔細細地欣賞，感動於花草的生命，竟如此奇妙，就覺得這盆蘭花，眞的好美！美在那份生命的堅強、堅韌；美在那份草木與人之間隱然互存的善意的交流。大自然眞是如此神奇呀！

附記：此文作於九十一年九月十六日。自此以後，每年到了九月，蘭花都會「準時」開花，每年開五朵，九十七年九月，那一串開了七朵，花期約兩週。我很感恩，因爲我都沒怎麼照顧它，它卻年年按時開花來「答謝」我，來讓我看見它努力展現的生命力呀！我只有感恩地欣賞讚嘆而已！——看來我是比寫「蘭花草」歌詞的胡適先生幸運多了，呵呵。

（原作於民國91年9月16日．98年1月11日整理）

學勤三年，學懶三天

母親沒有讀過多少書，沒有什麼學歷，一輩子不曾講過什麼大道理，但是她說的這句話，三十餘年來，不時在我心中響起，鞭策著我的人生……

記得小時候，有一天，也許是我偷懶吧，母親以慈藹的面容，溫柔和緩的對我說：「以前你外婆曾經跟我講過一句話，就是『學勤三年，學懶三天』。一個人，不管做什麼事，不要偷懶。」

外婆不識字，卻能告訴母親這句符合對仗押韻的人生座右銘。我細細咀嚼其中的含義，深深覺得勤勞習慣的養成，眞是不簡單，而偷懶卻太容易了。

自此以後，每當我疲累倦怠想偷懶休息時，心中就響起了母親用客家話講的這句話……；而我也「寬容」的告訴自己，偷懶「一下」，只能「一下下」，不可以「超過兩天」喔，否則「勤勞」就要「破功」了。

讀書做學問至今，所讀過的座右銘、哲學思想，包括儒家、道家和佛教各種經典中的人生智慧、至理名言，許許多多，然而始終不及「錄有」慈母聲音的這句話，能令我如此深刻的銘記在心，起了鞭策、激勵的作用！

現在，我也把這句話，再「轉錄」給我的兩個孩子，一句話傳四代，希望繼續照亮她們的人生……

（原文刊載於92年1月6日國語日報）

物我兩忘煙水間
——湖光山色運太極

隔斷紅塵三十里，
白雲紅葉兩悠悠。
——北宋・程顥

我與「師兄」常常嚮往古人山居修行、閒雲野鶴的日子。然而現實中常難以實現這樣的夢想。那麼就上山去打拳、練功、坐禪吧。想像在那半日的閒情、俠氣與禪意中，彷彿已然安居山林，已然化身爲小說中的俠客、神仙……。

日月潭，湖光山色間，朝暉脈脈，湖水氤氳、山色朦朧，很有武俠片中武林高手深山修練的場景氣氛。我們選擇這裡，于此舒放胸懷，開展太極的氣蘊，在山水間，浩然飄然，而後可以物我兩忘，在那萬頃煙波裡……。

去年春節，我們首次到日月潭小住。

清晨，迎著湖光日出，散步過湖畔靜謐的林間小徑，來到一片臨湖的草地。朝陽暉光，從遠處山頭映照舒瀉而下；湖上晨霧氤氳，在陽光下漸漸散去。

寬闊的湖面，在眼前展開。但見湖水泛漾，波光粼粼，在群山的環抱下，更顯出沉渾的氣韻。

我們放鬆身心，緩緩深呼吸，喜悅地汲取這初春的清陽之氣。接著氣沉丹田，徐徐開展太極拳的功架。

陰陽、開闔、動靜、剛柔……，肢體舒緩運行；天地之氣，由此而在臟腑氣血中流布。靜靜領受天、地、人的圓融，一切如此舒泰、安詳……。

其後，我們又去了幾次。偷得浮生半日閒，總趁天色尚未大白之際，就從家裡出發。

十月十日，一個秋天的清晨，幾許涼意中，我們身著寬鬆的長袖唐裝，帶著劍，散步在湖畔小徑，想像自己是那古代的俠客，任衣袂輕揚在秋日的山風裡。

在湖畔先打完了拳，然後抽劍出鞘，面對湖光山色，舞起太極劍。朝陽暉光映照在劍身上，反射出陣陣金光；胸懷間的浩然之氣，也隨著長劍，揮向無垠長空……。

練完了功，身心舒暢沉靜。

隨後到玄光寺參禮。在寺前眺望湖水，靜坐休息。

此時，湖靜，山也靜；但聞得鳥聲、鐘磬聲，縈迴在日月潭的秋光裡。

一年以來，多次去日月潭練功修禪，內心深處的感契，著實難以描摹，勉強寫成文字，總覺還是無法眞實傳達，眞是如陶淵明詩中說的：「此中有眞意，欲辯已忘言」了。

如今又過了一年，春節將至，於是我將這份領受，撰寫成春聯一副，貼在自家門楹上，作爲紀念，也抒發心中這份嚮往山林的情懷。聯曰：

得失輕拋雲天外

物我兩忘煙水間

（原作於民國92年1月．99年3月整理）

心寬天地寬

一直很喜歡蘇東坡的〈記承天寺夜遊〉。這篇精緻的小品文，敘述蘇東坡在一天夜裡，準備睡覺時，看見皎潔的月光照進屋裡來，一時欣喜感動，便出門去散步欣賞。好景一人獨享，頗為無趣，於是尋訪友人，一同分享這片清涼空明的月色竹影。最後他領悟到：

「何夜無月，何處無竹柏，但少閑人如吾兩人耳。」

陶淵明的〈飲酒詩〉：

「結廬在人境，而無車馬喧，問君何能爾，心遠地自偏。採菊東籬下，悠然見南山……」

也是我喜愛咀嚼的名句。想想一個人心境恬淡曠遠，即使生活在凡塵，依然可以不受世俗的喧擾，而能閒適的「採菊」，「悠然」的欣賞「南山」的佳景。

東坡講「閒」，淵明寫「遠」，都共同指出了生活的情趣、美好的景致，無時不在，無處不有，而唯有閒遠曠達的心，才能領受得到。

可見不管紛雜擾攘，還是安適悠閒，都是「心」的變化，與所處的環境卻不一定有關呢。記得佛教的經典《維摩詰經》中有句話：

「欲得淨土，當淨其心，隨其心淨則佛土淨。」

原來「淨土」不遠，桃源仙鄉也未離人境，清風明月隨處可得。只要靜下心來，放緩腳步，放寬心胸，抬頭便有藍天白雲，耳畔自有鳥聲宛轉，林間可見松鼠跳躍，鼻中留有桂花的清香……；一壺清茗，便是人間甘露……

我也曾經在一張書籤上看到這樣的句子：「屋寬不如心寬」。去年春節，我將它撰寫成這樣的對聯，貼在自家門楹上：

心淨世間淨

心寬天地寬

用來提醒自己，心寬無礙，自然覺得天地寬廣無限；而無限寬廣的天地，就在一顆澄淨開闊的心中。

（原文刊載於92年4月26日國語日報）

一塊錢的心意

在市場買菜、買水果，算錢時，總有那一元兩元的零頭，這時，通常小販會順便做人情的「免算」，一方面省了找零的麻煩，另一方面也滿足了顧客貪小便宜的心理，少算一兩元，大家歡喜。

通常，我錢包裡如果沒有零錢，總會略帶過意不去的心，謝謝老闆的「好意」；要是剛好有一兩元銅板，便還掏給這個充滿鄉土人情味的小販，一邊給零錢，一邊道謝說：「你們做這小生意的，一天賺不了多少，靠的就是這些銀角啊！」

我總是想著，這些賣菜的，尤其是路邊賣水果的，一年到頭，從早到晚，得忍受著露天的風吹日晒雨淋，甚至嚴冬時的寒流來襲，堅守著這個一家溫飽所寄的攤子，不敢「擅離職守」，期待著每個過往行人的眷顧，賺個十幾元、幾十元的，還得扣除成本……，想來眞是辛苦啊！

記得小時候，有一回，母親在市場買菜，看到身旁一位衣著光鮮時髦的太太，僅爲了兩元三元的「殺價」，跟菜販爭吵不休。事後母親告訴我們：「你們以後不要這樣，幾塊錢也是人家的血汗錢啊！」

所以，每當錢包裡剛好有一塊錢，我就會好像發現「寶藏」一般，很高興的掏給老闆，說：「剛好有啦！」「古意」的老闆，總是推辭一番，然後靦腆而歡喜的收下說：「好啦好啦，謝謝妳啦！」我看著他那黝黑而粗糙的臉龐，一臉欣慰的笑容，也分享到了這份滿足與歡喜。他知道，這一塊錢是客人體貼他辛勞的心意，而幾乎忘了這原本就是他該得的收入啊！

（原作於民國92年6月23日・97年11月26日整理）

明潭仲夏之美

仲夏，豔麗的陽光下，一片蟬聲中，我們又來到了日月潭。

夏天的日月潭，草木蓊鬱，湖水泓深，一片藍綠蕩漾……。

湖水環山，看那山色，遠近層疊，蒼翠青灰，深淺朦朧。而湖水一泓澄碧，卻任造物者的彩筆恣意潑墨：有深邃寶藍、有濃綠鮮青、或者淺綠灰白，色彩沿著湖岸、沙洲，漸次鋪展開來……。

此時涼風習習，蟬鳴唧唧，鳥語啁啾……

我們隨興散步至水蛙頭湖畔小憩，聆聽陣陣水浪聲，涼風款款輕拂，令人渾欲入夢。

隨後到飯店午餐。這裡有大飯店的典雅裝潢，還有三面環場的觀景大玻璃窗。我們讓溫柔美麗、身著鮮豔古典中國裝的服務小姐，引至角落的座位。在這裡，隔著大片玻璃，飽覽山光水色，並享受冷氣清涼、及平價的美食，還有清茗無限續杯……，眞是夏天遊程中，身心莫大的享受！

餐後小歇，而後前往慈恩塔。在慈恩塔頂遠眺，湖光山色盡收眼底！湖水三面環繞慈恩塔，一面是山景。塔頂風涼，舒暢無比。

日月潭的美，美在她隨著不同季節、天氣、時間而有不同的面貌。

山的沉靜、水的柔情、草木的蒼翠……，隨著春夏秋冬、陰晴雨旱、朝暉夕照……，各時節而不同，加上雲霧的變幻、光影的裝點……，幻化出永遠迷人的風采。

而仲夏的日月潭，恣情的濃綠，展現大自然蓬勃的生機，眞美！美得令人讚嘆、美得令人沉醉，沉醉在這片山水煙景中。

（原作於民國92年7月21日99年3月整理）

圓一個鋼琴夢

我想學鋼琴。

這是一個童年的夢想，一個埋藏在內心深處將近三十年的夢想。

小學時代，因爲當班長，有「權利」可以「碰」老師的東西，於是那擺在教室牆邊的風琴，便是我愛玩的「玩具」。坐上去，有模有樣的學老師彈風琴的神態，煞是過癮。上課時，兩隻手常偷放在課桌抽屜邊緣，舞著指頭，裝作彈琴，自得其樂。

小學畢業後的那個暑假，閒來無事，便向父母提出想學鋼琴的願望。一來是時間沒配合好；二來是即將上國中，一切以課業爲重；三來，這種要求在三十年前的台東鄉下，簡直是奢望。於是，夢想從此擱下，一直也不敢再奢想學琴，更別說擁有一台鋼琴了。

然而，從小至今，每當我走過街巷，只要聽到從別人家裡傳出來的練琴聲，便忍不住駐足聆聽。我喜歡聽那斷斷續續不熟練而又一直反覆的練琴聲，甚於舞台上技巧純熟、彈奏流暢的鋼琴演奏。有時到同學或朋友家造訪，看到有一架黑色高貴的鋼琴擺在客廳，就非常羨慕。生性節儉的我，卻不曾再起過要學琴甚至買琴的奢念。

前幾年，兩個女兒先後學琴，先生爲了她們練琴的需要，又考慮她們將來未必會繼續學琴，不願「投資」太多，只買了中型電子琴。近來女兒說，電子琴的鍵數不夠，有些曲子無法彈得完整；於是我們開始留意中古鋼琴的廣告。

恰好此時，鋼琴老師那兒有不錯的中古琴可以割愛，價格在五萬元以內，先生立刻就答應了。

過了幾天，看來滿新的一台黑色鋼琴，搬進了我們家客廳——啊！寒舍陋室的客廳，頓時亮眼起來，高雅起來！

一台鋼琴擺進了客廳，竟觸發了內心深處埋藏的種子，我不由得興奮起來，擦拭撫摸，覺得這就是我自小的夢想！面對鋼琴，不由得心癢手也癢，想彈又不會彈，興奮得一夜失眠。按捺不住，第二天就去鋼琴老師那兒繳學費：「我要學鋼琴！」

我欣喜若狂的將這件「大事」跟至親好友分享。方姊說，她想學胡琴；妹妹說，她想學畫畫和跳舞，這是她從小的夢想。我說，有夢，就要去實現，人生無常，不要將來遺憾，也不要埋藏太久，像我興奮得控制不住！

我足足興奮了一星期，失眠，有時甚至喜極而泣。小孩不解爲何媽媽如此興奮。

現在，我每天抱著《小朋友初學鋼琴教本》，開始了手指頭的體操，彷彿自己回到那個梳理整齊、紮兩條辮子、穿著小洋裝的小女孩，喜悅幸福的，按規矩進度的，坐在鋼琴前，一個音階一個音階的練著「多瑞咪發嗦……」。期待有朝一日，自己也能像那些會彈琴的紳士淑女一般，優雅的端坐鋼琴前，神態自若的任十指在琴鍵上跳舞，美妙的旋律就從指尖悠揚開來……

（原文刊載於民國93年1月29日國語日報）

凋零・綻放

又是櫻花爛漫的季節！巷子裡那幾戶人家的櫻花，一樹一樹的綻放了豔麗的粉紅、桃紅的花朵，一枝枝、一簇簇的，像極了耶誕節的燈串裝飾。春的氣息更加濃厚了。

有一株櫻花樹，始終禿禿的，葉子早已掉光，卻一朵花兒也沒有冒出。記得往年它都「按時」開花的，難道今年已枯死？我天天走過，便抬頭「探望」「她」一下，許久，卻眞的一點開花的跡象也沒有，以爲「她」眞的已然凋零枯萎……

今天早晨，赫然發現了，那一樹枯枝上頭，已掛著兩朵並開著的桃紅嬌艷的花朵！——哇！眞的開花了！再細看，枝頭上已冒出了許許多多的花苞，不多時，這株櫻花樹，又將是一樹的嫣紅爛漫呢！

原來「她」沒有枯萎，凋零了一樹去冬的綠葉，正靜靜等待來春時機成熟的綻放啊！

人的一生中，外在環境的遭遇，以及內在心靈成長的蛻變，不也往往如此嗎？有時是「昨夜西風凋碧樹，獨上高樓，望盡天涯路」，猶如一樹綠葉的凋盡。接下來「衣帶漸寬終不悔，爲伊消得人憔悴」，猶如枯枝靜待時機。只要成長、突破的心靈生命永不枯萎，時機到來，驀然回首，必然終會開展無限美好的生命風光！

櫻花樹，年年如此循環著；人生無數挑戰與掙扎，也猶如櫻花樹一般——於是了解，而可以勇敢承擔那一回又一回凋零的痛苦、枯枝待時的寂寞，而堅信自己終將綻放一樹美麗的花朵！

（民國93年2月21日寫．民國97年11月27日整理）

聽聽穿林打葉聲

和先生一同報名參加中國青年旅行社主辦的「瑞太古道健行活動」。

當天清晨六點三十分在救國團門口集合。天色有點陰。先生有點擔心的說：「今天天氣不好，會下雨。」一旁聽到有位小姐跟她的同伴說：「今天天氣不錯耶，沒出太陽也沒下雨。」我聽了笑笑，看來天氣「好不好」，還真是「存乎一心」呢。既來之則安之吧。

車行三四個鐘頭，到了嘉義縣梅山鄉瑞太古道健行口，領隊提醒大家帶好雨具，就開始上山。

一大片孟宗竹林在眼前展開，修長挺直伸向天空。一行人在林中穿行，陰天中，特別顯得竹林的幽深靜謐之美。

走著走著，雨絲便穿林打葉而來，滴滴答答、窸窸窣窣、淅瀝淅瀝……。越下越大，有人撐起傘，有人穿雨衣，皺著眉頭踩著雨中的山路。

我在想，「走向戶外，親近大自然」，不正是現代人渴望的休閒活動嗎？然而我們卻往往先在心中設定了「晴天」或「不下雨」才是「好天氣」，才是旅遊愉快的「先決條件」。如果沒有預設，而能夠放鬆寬心，隨遇而安，是不是更能自在的享受大自然呢？

踩在泥濘、積水的山路中前進，我有一種「這樣更加親近大自然」的親切感，因爲，下雨，也是「大自然」的「正常現象」啊！而且，雨天的山林，更有一番晴天所欣賞不到的煙雲景致呢！

我很歡喜，於是吟起蘇東坡的詞句：

「莫聽穿林打葉聲，何妨吟嘯且徐行。竹杖芒鞋輕勝馬，誰怕？一蓑煙雨任平生……」

先生也跟著吟起來。我吟著吟著，覺得東坡先生還不夠瀟灑呢！聽那滴滴答答、淅瀝淅瀝的穿林打葉聲，正是大自然美妙的樂章，眞該好好聆賞呢，怎可教人「莫聽」呢？

雖然穿著雨衣，擋了雨水，裡面的衣服卻早已被汗水濕透，褲管、鞋子也都是泥印——濕透透、髒兮兮，身心卻十分暢快！

下得山來，在山下小吃店吃了一盤熱騰騰的炒麵，喝了一碗熱呼呼的金針湯，在山野間，還有這等服務，在全身濕冷的情況下享用，感覺眞是莫大的幸福啊！

傍晚回到家中，換下一身又濕又髒的衣服，洗個熱水澡，再換上潔淨乾爽的衣服，頓時覺得，原來有乾淨衣服穿，是件這麼幸福的事！

全身舒暢過後，再一起到附近小茶館悠閒的享用一碗雞絲麵加蛋——啊，雞絲麵竟也變得如此美味呀！

一切的歡喜、幸福的獲得，原都來自笑納了一場大自然的「洗禮」啊！東坡先生，請你也來聽聽穿林打葉聲吧！

那天回程，一路上，山頭斜照正來相迎，而我們酣然歸去，也無風雨也無晴……。

（民國93年10月寫．民國98年1月16日整理）

早安！我的庭園早餐

經過了兩個月兵慌馬亂、人仰馬翻、灰頭土臉的房子整修，現在，我們的「新家」已改頭換面，煥然一新，頗有渡假別墅的模樣。完工已一個月，我還沒住習慣呢！每天都好像生活在渡假山莊一般。

最棒的是，我們在二樓書房外的陽台，佈置了一個庭園咖啡座。

原來老舊的鐵窗，已更換成了白色格子的防盜窗，很有歐式的風格；爲了能夠自在的享受陽台，我安裝了整面的紗窗。

壁面都漆成了乳白色，搭配白格子窗，顯得乾淨明亮。

地上鋪了戶外用的實木地板，周圍用假草塡空隙。

擺上戶外休閒桌椅——一張玻璃圓桌、兩把藤椅；窗上再掛起兩盆垂吊的盆栽；靠內側的牆邊裝飾著竹籬笆；地上疊起空心磚，放上幾個盆栽。

窗外，是藍天白雲、青山綠樹，和鳥語啾啾……。

感覺眞是棒極了！

我喜歡在這裡享用我的庭園早餐。

早上，運動過後，梳洗一番，全身舒暢。再端著我的健康早餐——一份三明治、和鮮奶，和一杯用漂亮咖啡杯盛著的熱咖啡。

點上花草薰香，播放古典音樂，或鋼琴，或豎琴，或長笛，或曼陀鈴，有時聽交響樂〈藍色多瑙河〉、〈胡桃鉗〉……。這是我的音樂早餐！

心，開始深呼吸……。

望著遠山，聽著音樂，聞著薰香，再慢慢享用我的早餐——一天的開始，清新、自然、舒暢、悠閒，身心都得到放鬆與滋養。

早餐吃完了，有時再泡杯茶，靜靜聽音樂，讓心緩緩沉澱，頭腦漸漸清晰，智慧開始發光，許多煩惱事，此時開始了悟明白……。

我的庭園咖啡座

這樣的享受生命，悠閒、愉悅，其實只有二十幾分鐘，卻爲整天注入了清新、鮮活的能量！

這裡除了可以享用早餐，一天中任何時光都可以在此閒坐靜心，或喝下午茶，或閱讀，或寫作。這是一個讓心靈呼吸的窗口——這篇札記，就是在這裡寫的呢！

（民國94年10月14日寫．民國99年3月日整理）

我的庭園心靈小站

我喜歡一個人坐在這陽台的「庭園咖啡座」靜心。

在這半戶外的小角落，白天可以遠望青山綠樹、藍天白雲，聆聽鳥語啁啾……。或靜靜的看書、沉澱心靈。在輕柔舒緩的音樂，與花草薰香的繚繞下，心，得到休息與滋養。

我越來越喜歡獨處，享受自我。可以靜靜的做自己的事，或觀照沉思，而不需要與人攀談應對……。

一個人，從容而自在。可以聽見自己內在的聲音……。

有一次行經台中市區，看到一個賣房子的大看板廣告，畫面用了《六祖壇經》中的公案：一張大幅的黑白照片，上面是一位男士，手指向前方。他的身後是一片樹。文案寫著：「是風動，還是心動？」很高格調的廣告。最令我心動的是它的英文註解：「Hear Your Soul!」——傾聽你的心靈。

多麼適切的點出了禪宗這則公案的要旨！

現在有許多廣告或商品，都走向所謂的「個性化」、「身心靈」等訴求，喚醒現代人重視自己內在的聲音——顯示這些身心靈的理念，已從宗教面走向商業面。換言之，從中可以了解到，現代人對於身心靈之釋放與滋養的需求，已經十分普遍了。

我每天早晨在此陽台閒坐，看山、看雲；夜晚在此聽蟲鳴；或喝茶、或咖啡……，十幾分鐘，乃至半小時，在這一坪半大的小天地，已感到無上的安舒悅樂。人生至此，夫復何求啊？

傾聽心靈，是需要一些環境媒介的。佈置一個心靈小站，讓心歇息，好自在，好喜樂。我眞好喜歡這樣的獨處靜心。

（民國94年10月17日寫．民國99年3月日整理）

大阪遊學記

四十二歲的小小「遊學」

在YMCA（基督教青年會）學日語學了一年多，其間又每天努力K日語K了半年，自覺日語稍具基礎了，才「壯起膽子」參加了這個「YMCA大阪遊學團」。「遊學」，自與一般「觀光團」不同，除了「遊」之外，還具有學習語言、體驗當地生活與了解當地文化風俗等意義，也多了一點「闖蕩」的意味兒，於是乎，也就比「觀光團」要「炫」一點了。戴著這樣的一點「小小光環」，九十五年二月三日，在乍暖還寒的台灣初春，我帶著家人與日語老師的祝福，與YMCA的伙伴們，一同飛向日本大阪。

遊學交通初體驗

抵達大阪已是晚上。一行十人，在領隊林小姐的帶領下，個個拖著大行李箱，上電車、轉地鐵，進出車站、上下電梯樓梯……，已讓初來乍到的我們，跟得暈頭轉向。好不容易抵達我們旅館那一區的地

日本京都金閣寺（2006年攝）

鐵站—谷町九丁目—出站之後，還得拖著笨重的行李，在寒冷的人行道上，趕赴我們的旅館。抵達旅館，才喘一口氣。這才初嘗「遊學」的滋味兒——一切都要自己來，也讓我開始懷念「觀光旅行團」的體貼服務。往後九天，也就展開了這種無論去哪裡，都要自己搭車、轉車及走路的「遊學」旅程。好吧，古人說要「行」萬里路，那就努力吧，如此也才能體驗當地人的生活。

京都名勝遊覽

第二、三天在京都、神戶一帶遊覽。我們去了京都有名的金閣寺、清水寺、嵐山，以及神戶的異人館、神戶港等。

金閣寺與清水寺都是被列入「世界文化遺產」的名勝古剎，相當具有建築特色與歷史意義。

金閣寺眞正的名稱爲鹿苑寺，因爲舍利殿的第二、三層以純金的金箔鑲貼，金光燦燦耀眼奪目，因而被稱爲「金閣寺」。金閣寺周圍環繞著清澈碧綠的鏡湖池，倒影金光明晰；四周林木扶疏，在金碧輝煌中，展現雍容雅致與清幽的氣質；樹林地上，這些天還留有白色的積雪，景致美得超凡脫俗。

清水寺則展現了不同風格的建築樣貌。前殿是鮮豔的紅色建築，後面的主殿則是古樸的原木色調。清水寺最引以爲傲的是它的觀景台，是全日本最大的懸造本堂，即是以一百三十九根柱子作支架，將正殿拱上山腰，完全不用一根釘子。支架高約五十餘公尺，而有「人工斷崖」之稱，在群山樹林中拱立，非常壯觀。

日本京都嵐山道旁小石佛（2006年攝）

嵐山是一處清幽的風景區。道旁有幾個造型憨厚可愛的小石佛，煞是有趣。竹林步道優美浪漫，遠山層疊而渾圓和緩，與台灣線條崎嶇的秀麗山色大不相同。

這幾天不時飄下一陣雪，讓生長在台灣的我們驚嘆歡呼！飄雪的時候，雪花緩緩從空中飄飛，悠悠的落在樹上、衣襟上、地上，景色眞是優美浪漫，也讓我們旅途中疲累的精神爲之一振。

有趣的日語課

第四天，星期一，開始了爲期五天的日語課程。在大阪ＹＭＣＡ的日語學校上課，從上午九點五十分到下午兩點五十分，共五節課。每天由不同的日籍日語老師授課，老師完全用日語跟我們講課，我們也必須都用日語跟老師對話。上課內容很生活化，以聽、說的能力訓練爲主，包括自我介紹、同學介紹、台灣風景名勝、美食介紹、食譜的設計解說、與韓國學生交流，以及日本生活體驗心得撰寫並上台報告等各項主題。上課氣氛雖然輕鬆活潑，我們卻得努力的半聽半猜和拼湊說日語，挺有趣的。

造訪幽美的奈良

五天上課，下課後的時間，領隊帶我們參觀了大阪城、逛了難波心齋橋有名的商店街、遊了奈良，最後則看了海遊館與通天閣。

二月八日星期三，日語課是半天，中午下課後，我們一行人去奈良遊覽。

奈良真是美極了。一種寧靜與清幽之美。

我們步行在奈良公園外的人行道上。人行道兩旁是高大而形態各異的松樹。步行在這松林大道上，迎著清冷的空氣，踩著一地的松葉，令人感受到靜謐的美感與氣氛。馬路上車輛不多，一旁寬闊的奈良公園裡，三三兩兩的鹿群，或閒步、或低頭吃草——一種古城特有的浪漫悠閒與優雅的情致，讓人不禁也放鬆了心情、放緩了腳步。

我們前往東大寺參觀。奈良東大寺也被列入「世界文化遺產」，是全世界第一大的木造殿堂。金堂大佛殿有日本最大的銅鑄佛像，深古銅色的大佛像，相貌莊嚴沉靜，與古樸宏偉的大佛寺相映，呈現出深沉內斂又廣大莊嚴的佛教風格。

我們隨後參觀了附近的二月堂。日本的寺宇殿堂大多簡單古樸，庭園雅石伴著古松清池，展現優雅純淨與沉靜內斂的日式禪風，隱透出一種人與自然的心靈默契。這是其他國度宗教文化所沒有的。

奈良東大寺園區，到處可見鹿群與人親近討食，真是可愛有趣。奈良還有許多有名的寺宇，此次未能一一造訪，希望將來有機會來一趟深度之旅，好好品味奈良之美。

寄宿招待家庭

「遊學」的另一個重頭戲是住宿招待家庭。初到日本的頭三天，分別住在大阪、京都的旅館；第四天開始上課，晚上則進住招待家庭，住了六天。此次遊學成員有八位，分別住在三個招待家庭中。我與其中三位，住在房子較大的山中先生家中。

山中先生家是三層樓的西式住宅，每層樓大約有二十坪，佈置陳設十分雅緻，很有藝術品味。山中太太美麗優雅，氣質出眾，做得一手好料理，平日還做陶藝與壓花，家中有不少她的作品。

山中夫婦年紀約五十多歲，招待我們非常親切自然，好像自己家中的父母一般，他們要我們以日語的「爸爸」（pa–pa）「媽媽」（ma–ma）來稱呼，說他們是我們的日本「爸爸」「媽媽」，於是我們就很開心了當了幾天山中家的「日本小孩」，享受著溫暖親切的照顧……。

住在招待家庭，與日本「爸爸」「媽媽」用日語聊天話家常，便是每天必須的「功課」。聽說以前是一個人分配一個家庭，聊天的「壓力」就很大；這次我們這家有四位學員，「人多勢眾」，就覺得輕鬆多了。每天晚飯時，我們「一家六口」圍在餐桌邊，語言加上想像力和肢體動作，「聊」得不亦樂乎，日語也因此進步不少。

自由行與造訪四天王寺

大家分別住進了招待家庭，接下來要學習的功課便是，每天如何自己搭地鐵往返YMCA與家庭。雖然我們「家」有四個人，比較不怕迷路，但我還是努力去記路線指標與乘車處，一兩天就熟了。星期四下午課後的「自由行」，我就自己一個人搭地鐵回到了「家」，覺得很有「成就感」呢。

行程最後一天，二月十一日星期六（十二日回國），是整日的「自由行」，大家各自安排了要去的地方。上午，我們「家」的「爸爸」，帶我們「四個小孩」到附近的超市、百元店逛逛，並參觀了有名的「住吉大社」。下午，其他三位同伴要去難波心齋橋逛，我則獨自前往大阪有名的「四天王寺」參觀。

自己一個人走，享受難得的獨處，心情悠閒下來，步履也輕盈了

日本大阪四天王寺（2006年攝）

起來……。一個人「闖蕩」、「摸索」，尋找自己要去的地方，很有挑戰性，也才眞正有「遊學」的感覺。眞是自在又有趣。

四天王寺建於西元六世紀，是日本最古老的官寺，建築爲唐式風格，樸拙大方，氣象非凡。院區範圍非常大，其中講堂內有和尚誦經的法事，到此的信徒也非常虔誠的禮拜誦經，這是這幾天來日本，在其他佛寺所沒有看到的景象。

學會了搭地鐵，也自己一個人去了未曾去過的地方，是此行最有「成就感」與深刻收穫的事——對我自己婚後二十年，未曾獨自離家而言！因此，讓我有信心以後再來「挑戰」！

結語

到日本，最大的觀感就是，街道的整齊乾淨、交通的便利有序，與人民的禮貌和善。這幾天所見，日本人外出都衣著整齊，公共場所、車廂內沒有手機鈴聲，也沒有人講手機。公共場所講話都輕聲細語；車站、商店的服務人員都親切有禮——在在讓人感受到一個進步國家的修養與風貌。這是我們台灣應該學習的地方。

十天的遊學，已畫下句點。十天來的學習，卻讓自己成長很多！除了語言學習有進步，並且看了許多異國文化、體驗了異國生活，也品嘗到了獨處、獨立、獨行的快樂與滿足。感謝YMCA的舉辦與領隊林小姐的帶領！這是一趟豐盛之旅！

（民國95年2月寫・民國99年3月日整理）

凱文科恩與理查克萊德門

這幾年學鋼琴，對於鋼琴音樂與著名鋼琴家，也開始留意起來。貝多芬的、李斯特的、莫札特的……，都很有特色與風格，我也都滿喜歡的。不過，那些畢竟是「古人」……。

有回聽到女兒在播放理查克萊德門的鋼琴曲，非常感動，也就特別留意這位浪漫的鋼琴家，買他的CD、注意他的訊息等等。尤其理查不僅鋼琴曲好聽，人也長得很帥，簡直就是令人崇拜的音樂偶像！剛好畫畫班老師教到人像素描，我就以理查的CD封套照片，畫了一幅理查像，畫好作品就擺在鋼琴上，陪著我練琴……，好像有大師加持，練起來特別起勁，眞是有趣！

我常在一早起床後，播放鋼琴音樂，喚起一日的朝氣，理查的CD便是我常播放的早安曲，聽了就很歡喜有活力。如此聽了一段時間……。

直到有一回，在一家茶館式的餐廳用晚餐，聽到餐廳播放著一種很輕柔舒緩而寧靜的鋼琴曲，聽了心靈很平和喜樂……。我大爲感動，特別去問老闆放的是什麼CD。老闆拿給我看，因爲跟老闆很熟，便說可以借我帶回家聽。我拿回家後，照著CD上面的出版公司，第二天就打電話訂購了一套！這是與

(素描作品-理查・克萊得門)

凱文科恩鋼琴曲的初相遇。

原來一直喜歡聽理查的曲子，現在聽到凱文科恩的，又有不同的感受。兩人的風格，各有特色。

凱文科恩的曲子，聽起來很平靜，很舒柔，很像散步在一處寧靜的湖邊，四週是蓊鬱的樹林，一大片湖水在眼前開展，有輕柔的風拂面而過……。又像獨坐於咖啡館的一角，靜靜的啜飲一杯香醇的咖啡，而慢慢的回憶往事；或像在書房角落，翻閱著發黃的黑白舊照片……。

凱文科恩被稱為極簡派鋼琴家，他的曲子，總給人寧靜的感受，有一種禪悅在裡頭。

被譽爲「浪漫王子」的理查，他的鋼琴曲就比較富於藝術浪漫的氣息，覺得像來到歐洲典雅的花園，有美麗的白色雕像與噴水池，有色彩繽紛的花卉，有整齊雅致的植栽，還有在公園裡活動的紳士淑女、老人小孩……等等——是典麗浪漫而充滿生命力的。

這兩種風格的鋼琴曲我都喜歡，而配合不同的情境來聆賞。常常，理查的浪漫鋼琴是我的早安曲，喚起我一日的精神活力；而凱文的極簡音樂，則是我的晚安曲，伴我放鬆、沉澱心靈，然後，悠悠入夢……。

（民國95年11月15日寫．民國99年3月日整理）

雲水無心

自在主人 著

〈目錄〉

生活禪心

閒雲小札

心靈的珍珠

閒雲心詩

生活禪心

生活即是禪　禪即是生活　雲水無心　隨緣自在……

正的幸福嗎？

女人在追求什麼？爲什麼而活？要讓自己成爲一個櫥窗的商品嗎？

「女人」！應該好好思考一番了！

希望獨立而智慧的第一夫人周美青女士，也能帶動一番女性的覺醒，讓「女性」從生物上相對性別的、被傳統社會或商業媒體所塑造的刻板角色與審美價値觀中覺醒出來，培養眞正內在的、心靈上的，慈悲與智慧的「女性美」，展現新時代獨立、自信、自主、而洋溢喜樂的「女人味」。

甚至，能超越生理性別，而成爲剛柔並濟、獨立完整而醒覺自在的眞正的「人」！

（民國97年6月7日記寫）

我最喜歡看〈櫻桃小丸子〉

〈櫻桃小丸子〉是我最喜歡看的卡通節目！

記得小時候，開始有電視，開始有卡通節目，看的是些美國的米老鼠、唐老鴨、白雪公主、頑皮豹……等等。後來有一些〈小英的故事〉等連續劇性質的卡通節目。

小學時代我最愛看〈寶馬王子〉；國中時候瘋狂〈科學小飛俠〉；高中時期喜歡〈太空突擊隊〉裡帥帥的「鐵船長」……。長大後，還有漫畫搬上電視的〈小叮噹〉〈哆啦A夢〉等等。

從小到大，看過許許多多的卡通節目。

現在，我最欣賞喜愛的，就是〈櫻桃小丸子〉！

有時候朋友聚會，她們在聊韓劇日劇，看我一臉茫然的模樣，就問說：「妳沒看喔？啊妳都看什麼？」

我說：「我很少主動開電視看，都是跟著小朋友有一集沒一集的隨便看些卡通。我會開來看的，只有〈櫻桃小丸子〉！」

「ㄏㄚˊ——妳這把年紀還看卡通喔?!」她們很不可思議的叫了出來。

「對呀，卡通天眞無邪又可愛！」我喜歡的回答道！

我爲什麼那麼喜歡看〈櫻桃小丸子〉呢？

其實開始的時候，我也不怎麼喜歡〈櫻桃小丸子〉，覺得這種主角很散漫的卡通，會「教壞囝仔大細」，覺得要像〈一休和尙〉那樣，才有「教育意義」！

看了一段時間之後，才發覺那麼多從小到大所看過的卡通，不是正義與邪惡的對抗，就是苦命的故事，不管如何有趣，或是有什麼人生道理要「教育」，終究有個「公式」，就連優質的「一休和尙」也免不了要套「公式」。

這些教育著「邪不勝正」，或「皇天不負苦心人」之類的卡通，劇情總有某種衝突性，製造吸引人的「高潮」，以達到戲劇效果。

雖然這些卡通節目的內容，一向也覺得滿不錯的，也滿有可看性的——一直到〈櫻桃小丸子〉的出現……。

看〈櫻桃小丸子〉，讓我們習於競爭、對抗的神經細胞，突然間解放了！習於其他節目所製造的高潮、衝突等令人緊綳的心，也因此紓解了。英雄美人或善惡對抗等故事公式，在此也解了套。

看〈櫻桃小丸子〉，讓我覺得清新、輕鬆，並且值得回味！

〈櫻桃小丸子〉故事集的主角，不是英雄或苦命女，而是有點散漫、愛偷懶、不愛讀書的小學三年級女生「櫻桃小丸子」，她會耍賴、搞笑，愛幻想，有時卻很有正義感，表現出同情心——這樣的主角就很能夠讓人神經放鬆。

其次，裡面所有的人物，都是很純眞可愛的。裡面沒有會欺負人的霸凌「技安」，沒有耍詐的「小夫」。劇中所有人物，都有一些缺點，也都各有優點，沒有一個絕對的壞人，也沒有完美無缺的好人，所有的人，平凡得跟你我，以及周遭的人一般，有的只是性格的不同。所以，這是一部相當具有「人性」的卡通。

除了人物個性鮮明不同並且很「人性化」之外，每一個人物的家庭環境，也顯示出了某種程度的社會差異性與上天的公平性。例如「小丸子」一家祖孫三代和樂融融，卻常常自嫌貧窮，而羨慕富家少爺「花輪」；富家少爺「花輪」，坐擁花園豪宅，享受一切榮華富貴，父母卻不在身旁，也無兄弟姐妹，表面裝飾，內心卻是孤獨寂寞。

其他人的家庭背景，也都各有美好與不足之處。所以，這部卡通的人物背景，傳達了某種社會差異卻也公平的創作觀點。

第三，這部卡通的劇情，沒有「公式」，全都像是一篇篇小學生的日記一般，敘述著日常生活發生的大小事。每一集，都那麼的平淡而有童趣，有時溫馨，有時令人發噱——沒有衝突，沒有高潮，不會緊張刺激，就像每個人的童年一般平凡。

故事中，有孩童純眞的各種喜怒哀樂，有趣味，有恬淡，有無奈，有夢想……，就像一幅幅童年的畫，或是鄉村小景，裡面沒有說教，沒有大道理，細細品嘗，卻耐人尋味，發人深省，有時甚至令人感動落淚……。

第四，這部卡通很著重內心情感的呈現，有各種喜怒哀樂時，畫面就會將情景獨立開來，搭配適合的情境背景，增加戲劇張力。像著名的「三條線」，便由此成爲「尷尬」的標誌。

第五，這部卡通的人物造型很有特色，基本筆觸線條很美，並且隨人物不同個性，而有不同的造型，有趣而富喜感，如「永澤」的洋蔥頭、「藤木」的三角眼、「山根」的蘿蔔頭等。

整個畫面處理，疏密有致，不那麼精細工筆，卻比〈哆啦A夢〉、〈蠟筆小新〉、〈我們這一家〉等要來得精緻優美，一些明暗的細節都照顧到了。譬如，有一次「小丸子」把門口的牛奶箱拿走，取走後，原處即畫出陰暗潮溼的黑痕，這是很細心的地方。

第六，這部卡通的配音很有特色，不管是中文還是日文的配音，都很能表現出人物的個性特色，尤其是主角「小丸子」的配音，撒嬌耍賴的語音特質，真是將人物詮釋得淋漓盡致！

這些就是我特別欣賞、喜歡〈櫻桃小丸子〉的原因！

或許也是因爲年紀大了，才能欣賞其中那平凡平淡的美吧！才能看見平凡平淡中的深刻吧！

常常很佩服〈櫻桃小丸子〉的製作群，可以構思出那麼多沒有公式的小學生故事，創作出平凡而雋永有趣的生活情境，比同樣是生活趣事的〈阿貴〉、〈蠟筆小新〉、〈我們這一家〉等的卡通，在藝術境界上更高一籌！

其實看了這麼多年，現在看到的都已經是播過好幾次的了，但每次看，就覺得心情也跟著放鬆，並且依然可以從中看出些深刻的意味、內涵，以及藝術技法等。好節目是值得「溫故知新」的！

看〈櫻桃小丸子〉，我的心，可以悠遊自在，可以深呼吸，與「小丸子」、「小玉」、「花輪」、「丸尾」等人物，一同奔跑在童稚的美麗花園中，永遠做著孩童純眞無邪的夢……。

（民國97年9月11日記）

到日本尋訪——禪的故鄉

民國九十七年九月二十九日至十月三日五天，我又去了一趟日本，再次走訪兩年半前去過的日本關西四都。

這幾年常出國，去日本也有許多次了，總覺得每年要去一次日本，身心靈才可以喘息呼吸……。日本的乾淨、有秩序、有禮貌，一個尊重人的文明國度，讓我有這種深刻的感受！

這次去日本，可說是我自己的一次「禪修之旅」——就現實層面來說，是參加旅行社的一般旅遊團的方式；對我而言，卻是我精挑細選，適合讓自己放鬆、放空、沉澱、靜思的一個行程。沒有親友同行，自己一個人參團，去我曾經遊學走過的文化古都——大阪、京都、奈良、神戶等地，讓自己獨自沉澱於秋涼楓紅的日式禪味中。

出國前一天，九月二十八日，正是颱風大作的時候，那天非常擔心第二天出國的行程會不會受影響……，趕忙祈求觀世音菩薩保祐……，果然第二天風雨平息，一切行程正常進行，而平安準時飛抵日本！眞是讓我感動感恩！

行程中的前三天，參訪了上次去過的奈良東大寺、京都金閣寺、清水寺，以及沒去過的天龍寺、東本願寺等等。

前年遊學去這些著名寺院，以及大阪的一些佛寺時，我就深深的愛上了日本的佛寺。不同於中式佛寺的富麗堂皇、雕樑畫棟，到處鐫刻著對聯、勸善圖文等繁複的面貌─雖然中式佛寺具有其豐富的文化層面與宗教信仰、教化上的許多意義─日本佛寺的風格，一派簡潔素雅。

日本寺院建築，莊嚴樸素，甚至可說樸拙。殿宇或方或圓的柱子，完全素淨，沒有文字，也沒有圖案！寺內也很少供奉佛像。建築物四週，都有素雅的庭園，蒼松雅石、清池幽草──整個佛寺院區，在在呈現了寧靜的禪意，讓人一來到，不用怎麼刻意靜心修行，心就直然沉寧了下來！

日本的佛寺建築，可說就是「禪」的呈現──眞的「不立文字，直指本心」啊！

那天在金閣寺（關於金閣寺的介紹，請參閱前篇「大阪遊學記」），遊人非常多，擠來擠去，加上下雨，雨傘還不斷相撞。在擁擠的人潮，喧嘩的人聲中，我卻可以清楚的領受到，金閣寺的一草一木、一山一水、一磚一瓦，兀自沉寧不動，彷彿這兒的喧擾，全不干她的事；金輝燦燦的寺宇，平靜無波的鏡湖，依然雍容莊嚴、幽靜清雅！不由得令我感契落淚！

去清水寺（關於清水寺的介紹，請參閱前篇「大阪遊學記」），恰巧值遇他們三十三年才開放一次

京都天龍寺庭園－2008年攝

的「千手觀音像供參拜」的機會（此開放自九月初至十一月底止）我很高興的參加了禮拜。當天正好天氣放晴了，秋陽高照，天空湛藍，眞是舒暢。我感到這次日本行，一切的平安順利，皆是菩薩福祐，沒有受到颱風影響，而今又值遇如此殊勝法緣，眞是感恩感動莫名！

這次能值遇清水寺的觀音像開放參拜，對我而言，是因緣殊勝的意義，大於瞻仰那尊佛像本身的，彷佛是觀世音菩薩特別賜予的恩典。佛本無相，因緣而現「像」，重在透過「像」而體悟，而不在「像」本身的執著。所以，日本佛寺少有佛像，即使有，「尺寸」也比中式佛寺的小許多。

京都的天龍寺是禪宗臨濟宗的道場。著名的是她的山水庭園設計，被列入「世界文化遺產」；室內則是大片榻榻米的幽靜禪堂。

連續三天的「參禮」佛寺（旅遊的行程是「參觀」），眞的讓我感受深刻，法喜充滿。也由於是我一個人參團，沒有親友隨行，可以獨自靜思，在每一個清雅素淨的佛寺院區中沉思——看著寺院建築，看見穿著日本僧服的出家人……，我不禁流淚，一種似若熟悉而相契銘感於心的深心喜樂！同時也思考著自己人生的種種，因此也明白很多事！這一趟行程，讓我更加清楚自己，了解了自己！

這一趟我的「日本禪修之旅」，心靈眞是充實喜樂，並且意猶未盡，因爲京都還有太多太多這般雅潔的佛寺庭園，未能一一造訪呢！

我常覺得，一千三百年前，中國的唐朝，日本人渡海來取經；現在卻是，我們要到日本取經，到日本找尋，樸素、清淨、幽雅的，直契心靈的——禪的故鄉！

（民國97年10月14日記，99年3月整理）

把那晶瑩的滋味兒一口氣飲盡

我喜歡用玻璃杯喝白開水。

先欣賞那純淨澄澈、晶瑩剔透的美感……

然後緩緩品嘗這份晶瑩的滋味兒……

細細品味，白開水眞有其甘美清冽的舒暢感呢。

這幾年，家中較大的玻璃杯陸續都打破了，剩下小的玻璃杯，一百多西西的容量，喝一次水，得倒個兩三回，喝得不過癮……，一直想買個大的玻璃杯，把那晶瑩的滋味兒一口氣飲盡，那才暢適快活呢！

前兩個禮拜逛超市（很久沒悠閒的逛超市了），逛著逛著，來到玻璃杯區，啊——琳瑯滿目、晶瑩剔透的玻璃杯，眞是美極了。我左看右看，選了一個高約十五公分、杯體直徑約六公分、杯口與杯底直徑約五公分的有點長鬱金香造型的素面玻璃杯，握在手裡很有飽滿感，便很歡喜滿足的買回家！

我把玻璃杯洗得乾乾淨淨的，洗得透亮——嗯，就是要這樣喝白開水才棒呢！

從此，我每天用這大玻璃杯喝白開水……
將那晶瑩剔透的美感、柔軟純淨的滋味兒，咕嚕咕嚕一口氣飲盡！
洗滌身心、清涼暢適，眞是一天中，最喜樂的享受呢！

（民國97年10月23日記）

第一位「認識」的作家

國語日報九月二十九日和十一月二十四日的家庭版，同時刊出我的養生文章和子敏先生的「夜窗隨筆」專欄，讓我感覺眞是榮幸！

這份機緣，使我不由得回想起學生時代曾與子敏先生結的緣。

從我小學三年級起，父親就爲我們訂國語日報，那是我閱讀國語日報的開始。每個禮拜都會讀到子敏先生的「茶話」（記得那時是每週六刊出），覺得很有意思。後來買了他的散文集《小太陽》來讀，非常喜歡，書中所描寫的家庭趣事，常成爲我和同學間聊天的話題。

記得是小學六年級，我鼓起勇氣寫信給這位我今生第一個「認識」的作家，表達我對他的文章的喜愛。過了一段時日，我居然收到了子敏先生的親筆回信，說謝謝我，也鼓勵我。雖然僅是寥寥數語，對當時一個台東鄉下的孩子來說，眞是莫大的恩典呀！我眞是欣喜若狂，珍藏了這封信，不時拿起來看了又看。

爾後他的幾本散文集我都有收藏，從書中也對他的家庭有一些認識。

記得國一時候，國文課本有一課就是林良（子敏）先生的家信，是從《爸爸的十六封信》中選出，內容是說，「櫻櫻」、「琪琪」兩人在房間裡聊，聊學校同學的事，林良先生告訴她們「朋友就像一本一本的好書」。我看到國文課本裡居然有我喜愛而親切的子敏伯伯的文章，眞的好期待老師趕快教到那一課。

終於上到那一課，國文老師講解課文的時候，說：「『櫻櫻』、『琪琪』不知道是朋友還是同學……」，我立刻舉手發言說：「『櫻櫻』、『琪琪』是姐妹啦！林良的三個寶貝女兒分別是林櫻、林琪和林瑋啦！」國文老師有點難爲情，又爲了顧慮顏面，便說：「你怎麼知道？書上又沒有寫，你有什麼依據嗎？」我說：「他的書看多了就知道！」這可說是我這輩子最感得意的事，竟然在課堂上講了連老師都不知道的事！這件事至今印象深刻。

子敏先生的散文，有一種特別的風格，平平淡淡的筆調中，不時會用引號來一句「形容詞子句」式的敘述，呈現平淡卻深刻的幽默。那時，我跟好同學—也是《小太陽》的讀者—聊天對話的時候，也會故意玩起這樣的遊戲，彼此很有默契，都能會意。那眞是一段有趣的回憶。

從民國六十幾年到八十年間，我陸續看到了子敏先生散文寫作與出版的狀況，《小太陽》後來的本子有了幾張家庭成員的照片，林櫻小姐也成立出版社，替子敏先生出書。而我敬愛的子敏伯伯，前幾年也擔任了國語日報社的董事長……。

如今看到我的文章與子敏先生的文章同版刊出，令我想起了這位伴著我成長的可敬的散文作家。今年我四十五歲了，依然能讀到他溫和平淡、耐人尋味的文章，眞是一種幸福——一種穿越歲月的幸福！

（民國97年12月16日記）

（民國98年1月2日刊載於國語日報家庭版）

童年故事——

做魚鬆的回憶

母親手藝好，燒得一手好菜。

除了家常好菜，過年過節的年糕、蘿蔔糕、香腸、點心、湯圓、鹼粽、肉粽……等，也總是難不倒她。她還喜歡研究食譜，做些平常較少吃到的佳餚、糕點等，讓餐桌有些變化。有時在外頭吃過嚐過的東西，她也會滿懷好奇的回來自己做做看，像饅頭、花捲、包子、甜甜圈、蔥油餅，或是在餐館吃過的美食等等，她都喜歡嘗試。雖然有時並不太成功，但那種嘗試與期待成果出爐的盎然興味，不時會在家裡洋溢開來。

當然，大廚母親，身邊總少不了幾個幫忙的助手，那就是我們這些小孩子了。

記得小學六年級時，有一回，母親從菜市場買回一條很大的魚，比平常餐桌上的魚要大多了。

母親說：「我們來做魚鬆。」

「媽，妳要做魚鬆喔？」我們覺得很不可思議，一條濕軟的大魚，媽媽居然要做成細細酥酥的魚鬆。

「做做看啊。」媽媽帶著好奇好玩的心答道。

媽媽把魚洗乾淨，在大炒菜鍋裡把那條大魚蒸熟。然後從鍋裡拿出來，放在一個大托盤上，吩咐我們把手洗乾淨，一起來把魚肉一點一點的剝下來，並且拿了一個盤子給我們盛裝剝下來的魚肉。

我和弟弟妹妹各拿了小板凳，坐下來，一同對付那條大魚。

「媽，這什麼魚？」

「喔，他們（市場的人）叫它做『沙發魚』。」（我長大後才知道那叫「虱目魚」，因爲台語的「虱目魚」聽起來像國語的「沙發魚」或「掃把魚」，又因爲這種魚多刺而細，的確像「掃把」，所以有人又稱它爲「掃把魚」。）

「爲什麼叫做『沙發魚』？」我們邊弄邊問。

「我也不知道，市場的人就這樣叫。」媽媽一邊忙著，一邊說。

媽媽特別告訴我們：「那個『沙發魚』很多細刺，你們要小心挑掉。」

我們小孩子很高興可以自己做魚鬆，像外面賣的那種好吃的魚鬆，就很認眞的幫忙。

剝了一段時間後，開始知道麻煩和辛苦了。魚肉得剝得細細的，每個細小的魚刺都得細心的挑掉。

媽媽來看我們做的情形，好幾回從盛裝魚肉的盤子裡挑出了許多細刺，說要挑乾淨，做好的魚鬆才不會有刺。後來媽媽也加入了奮戰的行列，母子四人，一同對付那條叫做「沙發魚」的「掃把魚」。邊弄我也邊嚐了幾口鮮美的魚肉，滋味還眞不錯，想來做魚鬆一定很棒。

我們大約「奮戰」了一個多小時，終於剝完了。

媽媽拿起一大盤濕濕的碎魚肉，在大炒菜鍋裡倒了些油，然後把魚肉放進去炒。媽媽說，要用小火慢慢烘炒，才不會燒焦。

只見媽媽一直不停的在那兒翻炒、翻炒，炒了一段時間，漸漸變成金黃色了，我們都聞到香味了，湊過來拿了筷子，迫不及待的先嚐了一口，嗯—眞好吃！但媽媽說，還沒好呢，還不夠酥。

就這樣，一直翻炒、不斷的翻炒。我想媽媽一定手痠了吧，就說：「換我炒！」

魚肉眞的很多，好一大鍋，要翻炒，還眞得費點力。不過，炒久了，魚肉體積變小了，也變輕了，越來越鬆了，眞的像外面賣的魚鬆了。

最後媽媽接手，倒了些醬油，灑了大把鹽，攪拌攪拌，再炒酥些，就大功告成了！萬歲！

終於，好大一盤金黃香酥的魚鬆上桌了！我們興奮的圍在桌邊，拿著小湯匙盛起，吹著燙，嚐了幾口—嗯！比外面賣得還要好吃呢！我們母子四人奮戰了一個上午，好有成就感，也覺得我們的媽媽眞是太厲害了。

冷卻後，媽媽把那一大盤魚鬆裝到罐子裡，可裝了好幾罐呢。記得好像不到一個禮拜，就被我們吃光光了——拌飯、配稀飯，還有，當零食偷吃。

不過，我們卻從此沒有再做魚鬆了……。

（因為每個人都知道了——那太費事兒了！）

結婚有了小孩以後，每當我買肉鬆、魚鬆給小孩吃時，就會想起這段曾經和母親、弟弟妹妹一起「玩」過的做魚鬆的趣事——魚鬆飄香裡，曾有的一段溫馨記憶。

註：學佛以後，我變得不太忍心下筆去描寫肉類的處理過程。這篇文章，我懷著歉意，一邊默唸阿彌陀佛，才寫成的。因為心中常常浮現童年這個溫馨有趣的影像，我想寫下來作紀念，紀念媽媽和我們那一次的「壯舉」。阿彌陀佛！

（民國98年1月31日寫）

童年故事——

來做草莓果醬

小學時代，家住台東。三年級時，父親慢慢攢了一些積蓄，就自己設計，請人蓋了一間兩層樓的房子。爸爸說，這是第一棟屬於我們自己的房子，可以依照自己的需要來設計。我們這個房子好像也是那附近的第一棟「樓仔厝」，行人經過，都會抬頭看一看，因爲爸爸設計得還蠻漂亮的。

父親設計了一個前院，四分之三的面積鋪水泥，用來晒衣服、停車子，以及讓我們玩耍，留了四分之一的土地作花圃，種些花花草草。

那片小花圃種了些什麼花草，我也不太記得，總之忙碌的爸媽也沒認眞去經營就是了。我只記得好像媽媽在裡頭種了一些草莓，不久之後，草莓就蔓延著長了一大片。每當季節來臨，就會結一些草莓。在那季節裡，發現草莓開始開花、「結果實」（註），就會成爲我們全家關注的話題。

「有一顆草莓開始長了耶！」其中一個人說。

「草莓變大了耶！」過兩天有人說。

「草莓開始紅了耶！」過兩天有人報告「進度」。

「草莓已經紅了！」隔天有人報告。

「還沒紅透啦，再等一天！」有人跑去看了回來表示意見。

第二天——

「草莓被蟲吃了一個大洞了！」

「你看啦！都是你啦！昨天叫你摘你不摘！」

「唉！」

那段時間裡，花圃裡總是「此起彼落」地結著大大小小形狀各異的草莓，我們也學會了趕緊「見好就收」，免得又被蟲蟲吃掉了。有時一天有四五個「收成」，一人可以「分」到一個吃，酸酸甜甜的，眞是好吃又有趣。

有一年，很奇怪的，居然結了好多好多，花圃裡遍地都是。一個星期天下午，爸爸媽媽、弟弟妹妹和我，全家出動，端著盆子，浩浩蕩蕩的到那小小的花圃去採草莓。採著採著，大大小小，竟然有兩盆那麼多！

哇咧！平常大家玩「孔融讓草莓」，一顆兩顆，都不好意思「獨吞」，現在這麼多也吃不完！

怎麼辦呢？大家開始傷腦筋。

最後媽媽說：「來做草莓果醬。」

「好啊！」想到又可以自己做那種外面賣的東西，大家都很期待。

我們於是留了一些要生吃的，其他的都拿來做果醬。把草莓一顆一顆的沖洗，把「蒂」去掉，然後搗爛。接著媽媽拿了大鍋子來，把草莓泥倒進去，加了水慢慢熬煮。煮了一段時間，又加了很多糖進去攪拌。後來眞的煮成黏稠糊狀的草莓果醬了！我們都很高興，媽媽又成功了一種食品了！

只是，我們做的果醬沒有外面商店裡賣的一罐一罐的顏色漂亮，我們做的顏色比較暗，媽媽說那是因爲外面賣的加了色素的關係。不過我們的草莓果醬吃起來，感覺味道很單純，很清爽舒服，不像賣的那麼膩。

吃自己家做的草莓果醬，很有一種成就感！

那段時間，我們就買吐司麵包抹自己做的草莓果醬吃，自然也當零食吃，不久又吃光了。

然而，從那次以後，花圃裡，再也沒有結那麼多草莓了，而我們也漸漸的不太去關心草莓怎麼樣了。再後來，父親調職花蓮，我們就搬家了，離開了爸爸設計的「新家」，也離開了那片小花圃。

長大以後，我去過西部的那種觀光草莓園，才知道人家專業種草莓的規模，一壠一壠的好大一片土地栽種，也才知道我們小時候隨便種著玩的花草，是這麼有價值的「經濟作物」，看人家專業種的一顆顆都紅豔飽滿，形狀漂亮。

但是我卻沒有特別的興趣去觀光草莓園「採草莓」，也沒有特別喜歡吃這種現成的「農產品」。原來，對於草莓，我喜歡的不在於它本身的滋味，而在於那份童年的記憶——是一家人生活中的樂趣，是無心栽種卻蒙大自然恩賜的驚喜，還有一份母親的味道。

我們家搬去花蓮以後，院子沒有花圃，但媽媽總會種上一兩盆，在大家都忘了它的存在時，餐桌上偶爾會出現一兩顆玲瓏可愛的——紅色草莓。

註：根據生物學上的說法，我們所吃的「草莓果實」，並不是像一般果實那樣，開花之後，由子房發育而成的，那樣的果實，它的「種籽」是長在果肉裡面的。而我們所吃的水果「草莓」，在生物學上屬於一種「假果」，是由花托發育而成。草莓眞正的「果實」，是長在外面的，就是草莓表面那些像芝蔴一般的小點點，稱爲「瘦果」，那也就是它的「種籽」。

（民國98年2月1日寫）

少年故事——

飛呀飛呀小飛俠

近年社會上開始掀起了懷舊的風潮。記得兩三年前在高雄有個〈科學小飛俠〉卡通的相關展覽，報紙上登了半版的報導，報導當年日本〈科學小飛俠〉卡通風靡全台的盛況，以及目前相關玩偶的收藏等等。雖然我沒去看這場展覽，卻也因此勾起我們當年迷上〈科學小飛俠〉的記憶……。

那是在我國二時期，電視開始播演〈科學小飛俠〉卡通。那是自有電視以來，第一部的科幻卡通，風格迥異於美國的米老鼠、唐老鴨、頑皮豹、大力水手……等趣味性的卡通。

〈科學小飛俠〉卡通的主角是五位受過特訓的少年，他們組成一個代表正義的團隊，要駕著鳳凰號科技飛機去對抗「惡魔黨」；訓練與領導他們的是一個看來文弱書生模樣的「南宮博士」，另外還有位居支援角色的「空中大鯊魚」團隊——整個卡通從人物設計、造型，道具的科幻變化，以及故事情節的衝突性……等等，在民國六十年代堪稱單純的卡通節目中，顯得非常鮮明突出！這部卡通的出現，在當時眞是讓我們覺得「帥呆了」！

〈科學小飛俠〉除了是我們每天晚餐時，必定端著一碗飯坐在電視機前收看的節目，到學校更成爲同學間討論的熱門話題；國語版的〈科學小飛俠〉主題曲，大家都會唱——我到現在也還記得怎麼唱呢！

〈科學小飛俠〉的五位主角少年，分別是一號隊長「鐵雄」，二號「大明」，三號女生「珍珍」，四號小蘿蔔頭「阿丁」，以及五號的駕駛「阿龍」，每個人物都很有個性與特殊的身世背景。劇中還設計隊長「鐵雄」與女生「珍珍」有互相暗戀愛慕的情愫，頗有武俠劇俠骨柔情的意味。同學間各自有喜歡與擁護的角色。

那是我在台東讀國中二年時的事。我與兩三個要好的同學，也因此玩起角色扮演的遊戲：氣質美女的我，當然是那其中唯一的女生「珍珍」；身材壯碩的女同學，自選二號「大明」；一位個頭較小的男生，是四號小蘿蔔頭「阿丁」。我們這個「死黨」只有三個人，於是暗中設定我們班上的班長，功課第一名的男生爲一號「鐵雄」；至於五號的「阿龍」，就落在那位「大明」的姐姐—也是身材壯碩人物—的身上。

國二下學期，我們家搬到花蓮，與台東原國中同學的友誼就靠通信維繫著，而我們這三人「死黨」也就在書信中繼續玩著〈科學小飛俠〉的角色，寫信稱呼及署名都用〈科學小飛俠〉的角色名。「大明」寫信給我就稱「珍珍」，有時提到「阿丁」如何，「鐵雄」如何，她姐姐「阿龍」又如何等等，最後署名「大明」。我寫信給她，或與「阿丁」寫信等等，相互間所稱也是如此這般。

這樣玩了幾回。有一次，信被爸爸看到……

爸爸看了半天，皺著眉問說：「『大明』是誰？」（似乎是說，怎麼有「男生」寫信來？還扯些有的沒的內容……）

我趕緊澄清，說「大明」就是那某某女同學啦（爸爸認識她）！

「喔——，那爲什麼要寫『大明』呢？」

「我們在玩『科學小飛俠』啦！」

「『科學小飛俠』？」爸爸又皺著眉問。

「就是那個卡通啊！」我於是稍微解釋了一下。

「那爲什麼叫你『珍珍』？」

「『珍珍』是裡面的一個女生啦！」

「喔——，好，好，嗯——功課做好了沒呀？」爸爸雖然還是沒搞清楚狀況，但知道不是「男生」寫信來給我，他也就放心了！（唉……）

我把事情告訴了「大明」，「大明」覺得很有趣。此後又玩了一段時間，直到國三各忙功課，彼此寫信少了，這個〈科學小飛俠〉角色扮演的遊戲，也就悄悄落幕了。

長大後我們再相遇，都會很高興的聊起這段少年時代的趣事，話匣子一打開，彷彿一顆心又跟著「科學小飛俠」飛呀—飛呀——在那時光隧道裡自在的飛翔……。

（**註**：原歌詞：「飛呀—飛呀—小飛俠，在那天空邊緣拼命的飛翔……。」）

（民國99年3月寫）

火車慢飛

有一首兒歌〈火車快飛〉，記得是這樣唱的：「火車快飛！火車快飛！穿過高山、越過小溪，一天要跑幾百里。快到家裡！快到家裡！媽媽看見眞歡喜！」

從小，我就與火車結下了不解之緣，尤其是「一天要跑幾百里」的長途火車。

始緣——從西部搬家到東部

記憶中，那是從我四歲多開始的，我們一家人從西部的台中，坐了火車到高雄，再搭公路局的巴士，翻山越嶺，搬到了後山的台東，從此就展開了我的長途車的「生涯」了。

父親是軍人，隨著父親的調職，我們搬家了許多次。我在台北市出生，當我一兩歲時，家搬到了新竹，與外婆、舅舅一家子人同住；四歲時，家暫時搬到台中市，待了三個月，就搬到台東。從台中到台東的搬家，展開了我今生第一次的長途車之旅。

那一次的路程，我沒什麼印象了，依稀記得在從高雄往台東的金馬號巴士上，由於爸爸只買到兩個坐位，便讓媽媽抱著一歲多的弟弟坐一個位子，四歲多的我坐一個位子，而他自己則抱著兩歲的妹妹，在巔簸迂迴的山路中，一路站到台東。現在回想起來，覺得父親的軍人本色，眞是了不起！

從台東長征新竹的童年

對長途車開始有記憶，是從童年時，每年過年要從台東去新竹探望外婆。

記得路程是這樣的：先從台東搭公路局金馬號巴士，走南迴公路到高雄，一家五口先在高雄車站附近的旅館休息一晚，第二天再搭火車到新竹。所以，單單往返的路程，就要耗費父親四天的年假時間！

坐金馬號巴士走南迴公路，是我記憶中最深刻而難受的旅程。小時候有好多年都要如此翻山越嶺！從台東搭金馬號走南迴公路到高雄大約要五個小時（我不知道小時候的記憶中怎會有這個時間概念）。車子一路在山裡九彎十八拐的，每回我都暈車……。有時買不到五個座位，爸爸讓我們坐，他自己得用站的，這也是常有的事。金馬號會在楓港站休息半小時給大家用餐，暈車的我根本沒胃口。

到了高雄歇一晚，才稍微舒服些。有時大過年期間，住不到好的旅館，只有陳舊的小旅館，棉被還有霉味……，一家五口就擠在一張大床上勉強過了一夜。

記得有一次，好像是我小學六年級吧？在高雄實在住不到旅館，父親只好帶著我們上台南去，住進了台南大飯店。這是我們最奢侈的一次享受！記得當晚在飯店內享用一頓不怎麼豐盛的晚餐，結果結帳時卻要七百元！我眞嚇了一跳！悄悄問爸爸錢夠不夠啊？爸爸笑笑說（大概是爲了讓我們安心吧）：「出門在外，有時是無法太省的，沒關係嘛，見見世面嘛！」

在高雄休息了一晚，第二天搭火車。記得從高雄搭到新竹要七個小時。雖然要坐很久，但比走南迴坐巴士舒服多了！猶記有一次，可能父親買不到平快車的票，而買了慢車的，從高雄坐到新竹，竟坐了十二小時！車行中，我跟爸爸說，怎麼那麼慢！（對於坐車所花的時間，不曉得童年時的時間概念是怎麼來的，只能說是依稀的印象。）

就這樣，在台東住的八九年間，每年幾乎都要如此「長征」新竹！坐火車，過了很多山洞、吃零食、吃便當，吃吃睡睡、搖搖晃晃，不知白天黑夜……，然後終於到了！而這種長途車的體驗與歷程，好像也「理所當然」的成爲我人生的一部份了！

搬到花蓮，感恩有北迴鐵路

國中二年級下學期，父親調職，我們家又搬到了花蓮。搬到花蓮不久，政府就開通了北迴鐵路——我從此解脫了坐巴士翻山越嶺的夢魘！到新竹外婆家也近多了！這是我這輩子最感激政府的德政啊！

高中時候，坐過最長的一趟火車，是從花蓮到高雄，要參加救國團的暑期自強活動，在澄清湖。對於這樣的「長征」，我以幼時多年的「磨練」，一點也不以爲難，以一副「從容之姿」，和同學搭了早上九點的復興號—行北迴線，接西部幹線南下—直達高雄的列車，一路晃晃悠悠，直到晚上九點才到達高雄！

一趟坐這麼久，的確是有些疲累，尤其在車上十二小時，從東部風光明媚的碧海藍天，坐到天黑萬家燈火的南部都市，那時眞有種「漂泊旅人」的感覺啊！

大學時代往返台南——花蓮

大學聯考考到位在台南的成功大學，讓爸爸大爲訝異！原本爸媽以爲我們小孩會在台北讀大學的，沒想到我聯考一考，分發到遙遠的台南——女兒一個人遠在台南，他們是非常不捨也不放心的。

從此，每學期從台南—花蓮間往返，又繼續了我的長途車「生涯」了！

其實，從小「習慣」了長途車，本來不覺得這樣有什麼辛苦，比起童年的從台東長征新竹，後來的交通實在舒適便利多了！到了大學去，同學大部份都是西部人，聽到我是「遠從花蓮到台南唸大學」，都瞪大眼睛，一副不可思議的神情說：「好辛苦喔！」不過，我們班上還有從台東來的同學，那時還沒有南迴鐵路呢，我有點「同情」他就是了！

獨自坐長途火車的心靈享受

大學期間，每學期往返花蓮—台南，八個小時的車程，我幾乎都是買班次極少的直達車，從此體驗品嘗到了獨自一人坐長途車的滋味兒。

在車上因爲搖晃，閱讀會頭暈，所以我無法看報紙、看書，唯一能做的除了看窗外的風景，就是點著每一個到站的站名，拿著火車時刻表核對是否準時到達——這成了我獨自乘坐長途車時的遊戲。所以，花蓮與台南間各停靠站的站名與順序，我幾乎會背了！

一個人坐長途車，靜靜的看風景。從台南回花蓮，一直要轉到北迴線，風景有山有海，才讓我捨不得閉目休息——這是每當我坐火車回花蓮，一路上最大的期待！每當碧藍藍的大海出現了，所有乘客也都驚喜起來，轉向車窗，一同欣賞美麗的大海！而看到海，花蓮也就不遠了！

一路上獨自看風景、沉思……，竟開始喜歡這樣的感覺。關心的親友同學有時會問，一個人坐那麼久的車不會無聊嗎？我都很高興的回說：「不會呀！很有意思呢！」

從前與家人坐長途車，覺得就是進入了車廂裡準備消磨一天，聊天、吃零食、睡覺……，不會有久坐不耐煩的感覺，卻也從來沒有喜歡過。

直到唸大學，獨自坐長途火車，大概也到了會沉思的年紀，才開始喜歡上這種可以長時間獨處，又什麼也不必做的寧靜與悠閒自得。

結婚後的長途路程：台中——花蓮

結婚後就一直住在台中，所以每年往返花蓮探視父母，依然是要坐六個小時的長途火車。我都儘量買直達的班次，不得已才由台北轉車。

從此，這趟旅途的成員換成了先生、兩個小孩和我！大部份時候是我和小孩。年節或假日時的車廂擁擠是可怕的，尤其長途車，要忍受長時間的不舒適。後來我們就儘量選擇非假日乘車。

這些年小孩長大了，我又可以有機會獨自一人坐火車回花蓮去，重回大學那時獨自一人坐長途火車的寧靜與悠閒了。尤其是婚後，在家務雜事終年纏身之下，偶有機會獨自坐長途火車，覺得眞是鬆了一口氣！

心靈跟著火車去漫遊……

一個人坐長途火車，讓我有種好整以暇，氣定神閒之感，想著反正要很久才會到，也就可以放心下來喘口氣。車行在都市、鄉村、田野、山間、海邊……，景色一路變化，讓平時忙碌的心緒也漸漸沉澱下來……。

車行在兩端地點中，不屬於任一地點，沒有任何一方的瑣事牽絆，彷彿在這幾個小時間，自己從平常的時空軌道中抽離架空，到了宇宙外太空漫遊一般，好輕鬆，好悠閒，可以好好的理一理思緒，沉澱心情，或是發呆、沉思……。

在車上，看著手錶，我都會想，平常這個時候我在忙什麼，而現在我悠閒的坐在火車上，什麼事都不用管，眞是太自在了！

獨自的長途火車之旅，成爲我一年中可以從世俗瑣事的生活軌道中「消失」的一小段時光。

有一年，忙得很久沒有回花蓮，就覺得很久沒坐火車讓自己喘口氣了。那時在市區看到火車經過，心中就不禁喊道：「啊！火車！久違了！」坐長途火車，竟成爲一種心靈渴望了。

享受慢速的從容悠閒

在長年坐火車的「生涯」中，我也曾經兩三次搭飛機回花蓮。一方面因爲機票花費較大，另一方面還是因爲心靈的感受——一下子就到了，整個時空與心情還沒轉換調整過來，就到達了目的地——雖然省時，卻覺得匆忙，也就幾乎不搭飛機了！

有一次在火車上，遇到一家人從台北要到花蓮旅遊，問他們爲何不搭飛機比較節省時間，他們說，坐火車比較悠閒，可以慢慢看風景。我眞高興有人與我同感。

這幾年「高鐵」開始營業，廣告強調有多快速，如何縮短兩地時間等……。我卻遲遲沒有興趣去搭。

我還是喜歡慢慢坐火車，享受慢速、悠閒與從容，可以沉思、發呆……，不必急著到另一地點，而享受被架空在兩個地點之間久一點，讓我的心在太空中漫步得久一點……。

不須「火車快飛」，且隨「火車慢飛」，慢慢的行過都市、村莊，穿過山洞、越過溪流，經過田野、山林，帶著我的心去悠遊……。

誤乘南迴線，勾起童年夢

近年有一次也是回花蓮，從台中出發，我竟然搭錯了車，要北上經北迴線的，我竟然坐上了南下經南迴線的！一陣慌亂之下，幸賴列車長的安排，終讓我順利的坐回花蓮！不過卻多坐了三個小時才到花蓮。

這次讓我得以初行南迴鐵路。南迴線一路上的景觀有山有海，也很美麗，但卻勾起了我童年走南迴公路的記憶。自從南迴鐵路開通以後，我就曾經想什麼時來坐坐看，看看童年的痛苦記憶，現在變成了如何的舒適便利……，只是一直沒有機會搭。這次誤乘，卻也正好圓夢！

行南迴鐵路，心中有種複雜的感受，童年公路上的餘悸，與現在坐火車的舒適，交織在一起，一時間卻辨不出酸甜苦辣的滋味呢！

夢想大陸的長途火車

曾經看過報上的一些文章，描寫在歐洲大陸、美國大陸，或中國大陸旅行，坐火車一坐兩三天的經驗，我就很嚮往——相形之下，台灣的幾個小時，乃至十二小時，也都算不得「長途」了！

曾希望有機會體驗看看，看看這樣坐個兩三天，可以看幾國家或地方，看多少城市、多少山林，可以有多少的旅途經驗，那一定是很有趣的體驗的。

結尾——記得外婆帶我們看火車……

平常深居簡出，甚少出門的我，在平日裡看到火車經過，心中便有種莫名的悸動……看著火車嘩啦嘩啦的急駛而過，總讓我想起小時候四五歲在台東的日子，有一段時間外婆從新竹來跟我們住在一起，陪我們玩。

常在傍晚的時候，外婆牽著我們的小手，說：「阿婆帶你們去看火車！」我們祖孫四人走著走著，一路上看了水牛，看了大白鵝，來到平交道邊，我們就站在那裡等火車。過了一會兒，聽到「嗚——」的氣笛聲，我們就很興奮的叫：「火車來了！」於是就看著火車由遠駛近，然後從眼前轟隆轟隆呼嘯而過，最後遠去，消失在視線盡頭……。

在晚霞滿天，炊煙裊裊之際，我們小孩子歡喜滿足的牽著外婆的手，慢慢的走回家……。

如今在路上看到火車經過，總會觸動我深深的心弦——坐火車，是一次次親情的牽繫，又是一趟趟辛苦的旅程呀！火車廂裡載滿了太多太多兒時至今的記憶——在看著火車急駛而過的剎那間湧現……。

（民國98年2月寫・99年3月整理）

後記：

「火車慢飛」——這篇文章四千字，是這本書裡最長的一篇。我的心，搭乘著「回憶號」列車，穿過長長的時光隧道，回到四十二年前的幼年，再慢慢開回到現代……。四十二年間，鐵路建設的進步，眞是不可同日而語啊！這一切，我充滿感謝，也有無限的感懷。我的列車將繼續往前駛，現在換乘「未來號」了……。

（民國99年3月記）

古琴——無需言語的知己

近日因緣得一書：《林西莉古琴的故事》，甚為契心。

書中附古琴音碟一片，為管平湖先生所奏，皆為〈流水〉、〈廣陵散〉、〈胡笳十八拍〉等古曲。其曲古樸純然，其音沉厚深遠、幽幽娴娴。聽之，聲聲勾魂攝魄，洗心寧神，余感契莫名，竟泣如雨下，不能自已！

聆聽之際，恍若己身亦置於山水林泉之下，悠然撫琴吟哦，若王維詩：「獨坐幽篁

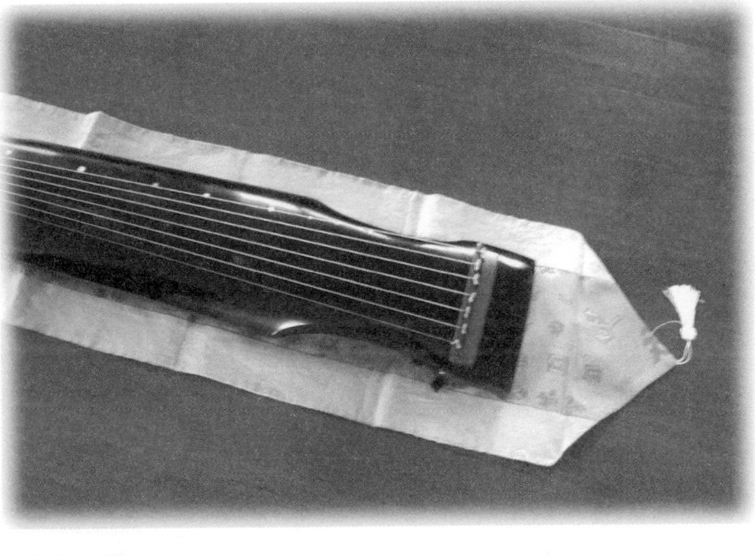

我的古琴

裏，彈琴復長嘯，深林人不知，明月來相照。」之況也。

余原有古琴一張，不諳彈奏之法，但撫弄琴音，聊以自娛。平居常苦吾生無有知己也，今得聽古琴古曲之音，並撫吾琴，是乃感知己如是，夫復何求也。若得知己，亦何需言語焉，契心之際，亦可慰喻而相忘於江湖也。甚喜，遂為之記云。

——自在主人記於閒雲居

（民國98年3月1日寫）

喜帖

收到朋友的喜帖——是他三十而立的大兒子要結婚了！

啊……！曾幾何時，開始要喝起晚輩的喜酒來了！

小時候，媽媽把我打扮得漂漂亮亮，要帶我去吃叔叔阿姨的喜酒。

小小的我，坐在爸媽身邊，最喜歡的，不是那些好吃的酒席菜，而是一直盯著新娘那漂亮的禮服瞧……夢想自己有一天也能穿它！

長大後，一次次收到同學朋友的喜帖。漂亮禮服的吸引不再，酒席菜吃了幾年也大同小異……。喜宴吸引我的，為的是和久未見面的老同學聚聚，來自南北各地的同學朋友，契闊談燕，好不歡喜熱鬧。

如今，子姪輩的婚宴……，有什麼吸引我的呢？呵呵，已成為不折不扣的交際應酬了，公式化的祝福外，贕下的只有——

歲月的感慨啊！……

（民國98年5月2日寫）

「撿到」稿費

中午郵差來按鈴，有掛號信。趕忙拿印章出去，一邊心想，又有什麼掛號郵件？

接過來一看，原來是報社寄給我的稿費！

奇怪咧？我今年都沒有再投稿了，幾時還會有稿費？

拆開一看，原來是去年十一月的稿費！

咦？我去年不是領過了？「甘」有那麼「好康」，再領一次？

於是我找出以前留存的稿費通知單，一堆以前的單子，找了半天，核對了一番，果然是少了去年十一月份的！

哈哈！眞是太快樂了！好像無意中「撿到」稿費似的！

好幾年前開始投稿的時候，我會仔細核對稿子跟稿費，看報社有沒有少給我的。

後來日子久了，稿子也寫多了，也就懶得去核對去計算了，反正區區幾百元，就隨他們。而且我也信任報社的會計制度，該給你的不會少，否則帳務難處理。

我比較在意的是，因爲我沒訂報紙，所以我都會關注我的報紙稿有沒有寄來給我，如果缺了，就會提醒主編寄來給我，因爲那可是我的心血！

所以，每一篇刊登的稿件，我都用資料夾，按照刊出時間，一篇一篇收存起來。七年下來，厚厚的一本達百篇的文章──嗯！看看欣賞，也可以自我陶醉一下！呵呵……

至於稿費嘛──反正有寄來就收下了，沒有一一去核對。

今天忽然收到去年的稿費，卻有一種「撿到好康」的意外驚喜！嘿嘿！不錯耶！一篇一千元，也可打打牙祭，犒賞一下自己了！眞是好開心喔！

想想我們人生，常常爲計算各種得失，希望一切都在如意算盤內，得到了就眞的快樂嗎？還沒得到時，千方百計營謀，想要得到手；而一旦得到了，又恐失去，或怕被嫉妒，又千方百計的想要保守──得與失，果然快樂嗎？

一切無非是因緣果報，該是你的，終究會到身上來；不該是你的，即使一時得到，也終究會失去。

不計得失，一切隨緣，而當善果降臨時，那種無心的收穫，眞是喜樂無比啊！

這稿費一千元，眞覺得比我辛苦努力獲得的一萬元，還要快樂啊！

眞好眞好！眞是感恩！

阿彌陀佛！又有錢可以去吃大餐了！哈哈！

（民國98年5月11日寫）

媽媽的粽子

結婚以後，離娘家太遠，很少有機會再吃到媽媽包的粽子。

這些年，媽媽年紀大了，端午節，包粽子，天氣又熱，體力有限，所以有時也買些現成的粽子應應景。

昨天媽媽打電話說，包了一些粽子，想寄一些給我。啊！眞是讓我感動啊！

媽媽說，以前想寄沒辦法寄，現在有這些冷凍宅配的便利寄送，她就可以寄給我，讓我吃到媽媽的粽子了。從花蓮寄到台中，一天就可以收到！

剛剛統一宅配親切的服務人員，把花蓮寄來的粽子，親手交到我手上，當下覺得——粽子是冷凍的，親情與人情，卻是溫暖的！

感恩媽媽，七十幾歲了，還辛苦爲天南地北的一家子人包粽子（弟弟在台北，媽媽也寄了一份）！

感謝台灣這些便利的宅配服務，串起了兩地溫暖的親情！今天那位統一宅配的年輕先生，眞的好親切，說話客氣又溫柔，好像他也很高興的替客人送親情的粽子——感謝！感恩！

我會好好品嚐這份溫暖的粽子的！
台灣畢竟是溫暖的！眞好！
阿彌陀佛！感謝！感恩！

（民國98年5月27日寫）

九十歲而已喔！

下午，快傍晚的時候，去附近公園打拳運動。

在舒展筋骨之際，望見鄰居一貫道佛堂的老奶奶，由外籍女傭攙扶、拄著拐杖、牽著狗，出來散步。

前兩年，還時常看她騎著三輪摩托車到處去，或是在清晨時牽著小狗出來散步。

她總是衣著整齊，穿著淑女洋裝，有時還有蕾絲綴邊，打著淑女陽傘，全白得漂亮的頭髮，有時戴著一頂淑女帽。女兒說，隔壁阿婆雖然年紀很大了，頭髮全白了，可是還衣著整齊，也不怎麼駝背，看起來神采奕奕，有一種高貴的氣質。

最近看她改爲下午散步了，雖由女傭攙扶著，看起來還蠻硬朗的！

我從來不知道她的確實年紀，今天好奇問她：「阿婆，您九十幾歲啦？」

阿婆笑笑說：「九十『ㄋㄧˊㄚ』！」（台語：九十而已！）

我說：「九十還『ㄋㄧˊㄚ』喔？那您還『少年』（年輕）呢！還沒一百歲呢！」

阿婆嘻嘻笑著：「對呀！九十『ㄋㄧˊㄚ』！『啊擱少年』咧，還沒一百歲呢！」

「那您眞是老菩薩呢！」我說。老婆婆聽了笑得很開心！

老婆婆出來散步，跟認識的鄰居、朋友打打招呼，寒暄寒暄，顯得很愉快！

我很歡喜的分享了老婆婆健康長壽的快樂，也很高興聽到老婆婆面對年齡的態度！

爸爸常說起他老人會唱歌的會員，有九十幾歲還來唱歌的！於是不到八十歲的爸爸也就顯得「年輕」了！

不管在什麼樣的年齡層，每個人對於自己年紀的心態不一樣，對於人生的態度也不同。要歡喜面對，還是愁眉苦臉，可眞是決定在自己呢！

爸爸常在網路上搜尋歌曲來練歌，還勤作筆記、背歌詞！本來都是練國語老歌，現在練起英文歌了！每天哼哼唱唱，每週在老人會上一展歌喉，和其他老人切磋歌藝，眞是過得逍遙自在！

鄰居老菩薩，每天衣著整齊出來散步，笑容可掬，神采奕奕，把長壽的喜樂分享他人，眞好！

願所有老人都健康、長壽、自信、喜樂！

也願所有人都歡喜面對自己的年齡、自己的人生！

阿彌陀佛！

——自在主人隨筆於閒雲居（民國98年10月26日寫）

父親的愛

父親是傳統典型的父親，認眞工作、照顧家庭，愛家人、教育並疼愛子女；表面卻不苟言笑，不善於用言語表達對家人的愛。

父親不善於聊天，與我們除了關心問問生活狀況，幾乎不太聊得起來，不像我跟媽媽常在電話中一聊就聊半小時。印象中，只有童年時常聽父親講起他小時候的艱苦生活，以及隨軍來台的種種刻苦故事。

父親的愛是在生活中與行動上流露的！

小時候在台東，平常工作上班的父親，假日會帶我們出去走走玩玩，看看電影、上館子吃飯等等。或者在家表現一下他的手藝。

記得在我們住的舊家，我大約是五六歲的年紀，有幾次禮拜天下午，我們一家子人圍著方形木餐桌，包水餃。

爸爸揉麵糰，媽媽做餡料，我們小孩啥也不會，只「負責」將長條麵糰切下來的一個個小圓塊，用我們的小手壓扁，然後給爸爸擀成薄薄的水餃皮。水餃皮擀好了，爸爸就大秀他的包水餃功夫，一邊包，一邊解說要如此這般捏，然後用兩個大拇指一按緊，就好了！我們也就跟著嘗試，卻包得不像樣，餡都露出來了⋯。

一家人圍著包水餃，說說笑笑之間，就完成了一盤盤好吃的水餃了。

爸爸還會做麵疙瘩，說是在軍中學的。此外，還有他的拿手客家菜——「釀豆腐」，就是把一塊塊豆腐中間挖掉，鑲進絞肉，煎熟，然後煮成湯，再灑些芹菜花就好了。

做料理時的爸爸，是他最親切可愛的時候！我們也都很高興吃著爸爸做出來的佳餚！

令我最難忘的，是四歲時隨爸爸去喝喜酒的事。

小時候，爸爸不時要參加醫院同事的聚餐應酬等等，媽媽因爲要照顧年幼的弟弟妹妹，無法同行，所以我就成了爸爸應酬時的小小陪客。在酒席間，那些叔叔阿姨都很疼我，喜歡逗我玩。

四歲多我們家剛搬到台東不久，有一個禮拜天，爸爸要去玉里吃喜酒，就帶著我去。那是我生平第一次陪爸爸參加聚會。

酒席是中午舉行，我們上午就坐車子去，大概坐了兩個小時的火車到了玉里。中間經過的事我已經沒有印象了，在遙遠的記憶中，我特別記得的是，酒席結束，大約下午兩點的時候，我和爸爸要去車站搭車回台東。從喜宴地點到車站之間，卻沒有公車可搭了！

爸爸只好帶著我走路去車站。一路上，爸爸厚實的大手牽著我的小手走著。下午太陽很大，很熱。路上爸爸不時問我：「走累了沒，要不要爸爸抱？」我擔心爸爸太累，堅持自己走，回爸爸說：「不會啦！我走得動！」實在走不動了，才讓爸爸抱著走一段路。

就這樣，一路走走抱抱。走了好久好久，沿路都很空曠又沒什麼人車，感覺好像在沙漠中行走般漫長……。大概走了有兩個小時吧，我們才走到車站，坐車到家時已經傍晚了。

這是我這輩子最記得的一次與父親兩個人辛苦的「行軍」路程！

至今，那一路上爸爸說的：「走累了沒，要不要爸爸抱？」依舊在我心底縈繞著……。

還有一件事深深記得，是我在台南讀大學時，爸爸遠從花蓮來看我。

那次好像爸爸要到高雄參加一個醫學會，「順便」到台南成大來看我。

我從宿舍出來到會客室，看見爸爸穿著西裝，提著公事包，英挺的站在門口。爸見到我，並沒有什麼特別的神情，一樣的不苟言笑，問了我一些生活情形，吃的住的如何，錢夠不夠用等等，然後從公事包裡拿出了兩套給我的衣服，說是媽媽要帶給我的。

爸爸看到了我，見我過得還好，沒有聊什麼，大概半小時，就離開了。我覺得有些遺憾，這麼遠來，也許可以一起吃頓飯什麼的。

父親就是這樣，話不多，聊不起來什麼話題，但是遠來看我，帶點東西給我，短短半小時中，已經包含了他無限的愛——因爲後來我才知道，那個要參加的會議，對於父親來說，是可去可不去的，而我也覺得奇怪，父親除了會去台北開會，西部南部的活動幾乎是不曾參加的啊……。

我結婚後，遠在台中，雖然生活上還過得去，爸爸總是心疼我吃得太省，穿得太省、用得太省，不時都會給我一些資助，我每次都推辭說不用，爸爸還是疼愛的寄給我，我只好慚愧的接受，並感謝老爸的照顧。

這幾年我的小孩長大了，我可以單獨自由行動了，於是常陪著爸媽出國玩，去日本、大陸等地旅遊。爸爸都堅持要替我出旅費——在父親眼中，我們永遠是他的「小孩」呢！好吧，於是我又笑納著父親的疼愛，像小公主一般受寵，跟隨在老爸身邊到處去遊玩。我也偶爾撒撒嬌，說說好話，逗著老爸開心。

父親就是這樣，一直默默的守護這個家，默默守護著他疼愛的子女，不善於言語表達，而點點滴滴，無一不是父親深深的愛啊！

（民國99年3月24日寫）

風水招財，幾時運來？

住家附近，有一間茶藝館、一間咖啡館。茶藝館比較近，咖啡館稍遠些，都賣些飲料、茶點、簡餐之類的，是我們這一帶居民休閒聚會吃飯的地方。我也常去那兒放鬆、沉澱心靈。

茶藝館常常客滿，從早到晚營業時間，客人絡繹不絕，或吃正餐，或點心飲料，聚會聊天，非常熱鬧。

咖啡館只有中午用餐時間人多，其它時間空蕩蕩的非常清幽……。

茶藝館裝潢簡單，菜色多，餐點、飲料都好，服務生好幾位，穿制服，親切有禮，服務週到。

咖啡館的裝潢還算雅致，菜色也不少，但餐點、飲料不怎麼好，服務生只有一兩位，服裝儀容較隨便，服務客人時面無表情。

咖啡館的出資老闆，是一個命理直銷公司某個等級的主管，有很多「下線」，多年前也曾努力遊說我加入他們公司，說如此多麼賺錢，短期內就可以致富，也舉了很多「成功」的案例等等，非常期望我能做他的「下線」。可惜我一直沒興趣。

這個老闆那時常跟我講起他們的命理風水理論。咖啡館改裝，他就興致勃勃的與我分享他的改裝設計理念，諸如門開的方位、裡面的動線、裝潢的色彩，乃至擺設物品的位置等等，一一都有「玄機」，說如此這般可以招財……。

多年下來，店裡面的餐飲水準、服務品質、客人數量，一直沒改變。

我有一段時間沒去了。最近再度到這間咖啡館，發覺一切還是沒變，但更加掛了一些符咒，又擺了兩個大的魚缸在入口處，養了好幾條名貴的魚……，這些，大概又是為了招財的風水玄機吧？

面對著不是很好吃的餐點，看著服裝儀容欠缺打理、不怎麼有朝氣、服務態度冷淡的服務生，再環視店裡客人稀少的情況……，啊——眞是阿彌陀佛！希望那些精心設計、所費不貲的「風水玄機」，有朝一日能夠靈驗，不須改善餐飲服務，財運就會從天而降啊！善哉善哉！上帝阿門！

（民國99年3月24日寫）

閒雲小札

片刻閒情，悠然雲心，信手拈來，隨意小札……

我的心回來了

我的心回來了！
我又聽見了白天的鳥叫、夜晚的蟲鳴；
我又看見了美麗的日出、日落；
看見了春天花草的抽芽、發苞
生長、綻放……

我的心回來了！
世界原來如此寧靜與美好，
一切紛擾不再，
淨土就在這裡。

（民國96年3月13日）

渡假

好棒喔！
又來到日月潭！
這次真的來渡假，住在這裡！

渡假，……
這輩子還沒有真正——
「渡假」！

不必遊山玩水，
不必尋幽訪勝……

就在湖邊閒坐、發呆……
一切放下。

沒有任何目標方向，
走哪兒算哪兒……

讓「心」散步、遊蕩……
任心徜徉……

真的像雲水無心，
好舒服啊……

風捲雲舒，雲淡風輕，雲去無迹……

一切海闊天空……

（民國96年5月11日（五））

遊刃有餘

最近應社區大學之請，晚上在新平國小教太極拳。教了四週了。

雖是第一次教「太極拳」（以前是教養生氣功），但覺得自己教來胸有成竹，從容不迫，隨時有不同的鬆身動作可教，隨時可依學生情況而教……

那種遊刃有餘，氣定神閒的感覺眞好！有如魚得水般自在！

於是深深覺得，一個人在某一領域的深厚學養，並且有自己的心得體悟，是多麼重要啊！

因此才能流露出「自信」與「從容」。

下的工夫深，學養深厚，是一切能力展現的基礎！所謂「台上一分鐘，台下十年功」，現在有眞切的體會。

啊！遊刃有餘的感覺，眞是舒服極了！

（民國96年5月23日（三））

今天不用上鋼琴課了！

剛才鋼琴老師打電話來，說感冒了，今天請假，不上課。

哇！太好了！太棒了！今天不用上鋼琴課了！我可以好好睡個午覺了！

午覺睡起來，吃了一點點心，去冰箱拿了一枝昨天買的巧克力雪糕，好好的享受一下悠閒的夏日午後，啊！眞是太幸福了！啊！巧克力雪糕好好吃喔……

唉！想來自己一把年紀了，才開始學鋼琴……

雖是自幼的夢想，但四十歲的年紀才開始學，手指也不聽使喚，譜也記不起來，每次練琴，就肩膀痠，腿痠（踩踏板之故）……

不像小孩子，一首曲子，三兩下就學起來了，也不用看譜，就彈得「溜」得很！

鋼琴老師只會說「放輕鬆、放輕鬆」……，他那裡了解年紀大了才開始學琴的辛苦！

除了練琴辛苦，每天能「排除萬難」找時間練個半小時一小時的，已很不容易了。

三年多練下來，辛苦的成果，彈完了五本、三百多首練習曲，包括拜爾上下冊。

現在不用看譜可以彈的小曲子，有二十幾首，還滿有成就感的。有時候彈「茉莉花」、「恰似你的溫柔」，全家人一起唱，女兒用吉他合奏，那種氣氛，眞像在天堂，眞令人感動。

這是辛苦學琴，最快樂的事！

這把年紀的我，居然又起了一個天方夜譚的夢想：

也許十年後，可以開一個「阿嬤的鋼琴演奏會」，別於學院派技巧取勝的鋼琴演奏，也許阿嬤我是以心靈感性個人風格呈現……

哈哈哈……作夢眞是美妙！

我跟鋼琴老師說，傅聰七十幾歲還有鋼琴演奏，那我還有三十年可奮鬥呢！

鋼琴老師鼓勵的說，你不用三十年啦，十年就可以了！

太棒了！有夢眞好！

玩鋼琴，很快樂！今天不用上課，我可以隨心玩，不用趕練進度，啊！眞是快樂啊！

（民國96年5月24日（四））

清幽的夏日午後

夏日，
午覺睡起，
聽見窗外
鳥聲啾啾…
蟬鳴唧唧…
劃破了夏日晴空……
窗口的風鈴，
也不時隨風叮鈴叮鈴……
隨興陽台小坐，
但見遠山蒼鬱沉寧，近樹碧綠隨風搖舞…

好清幽寧靜的
夏日午後啊！
彷彿山居一般
悠然安閒
怡然自得……

（民國96年6月1日）

做自己的主人！

最近，因緣所至，在雅虎成立了一個部落格「閒來無事」，還有稍前大寶要我在她們年輕寫作群的「鮮網」也成立的一個散文專欄「生活禪心」——爲這兩個新設的天地，這個禮拜忙著留言、回信……等事。

與讀者、網友互動，一時間非常開心快樂。

但我畢竟是一個喜歡寧靜的人，一放一收，一動一靜，這麼交替著，而終歸要回到自我內在，回到眞正的自己。

一個人要清楚自己要的是什麼，自己的方向在哪裡，雖然一時有些熱鬧的插曲，然終不妨主旋律的進行，並且使主旋律更加豐富、波瀾壯闊……。

在喧騰熱鬧中、在順境的讚譽中…，歡喜之餘，我益加小心謹愼，提醒自己，不可迷失在其中，而忘了我是誰，忘了眞正的自己、及方向。

這幾年的煎熬磨練以至自我覺醒，我堅定的告訴自己：

「我要做自己，做自己的主人！」

而不是做別人期待的角色與類型！

一個人必須爲自己的生命負責，誰也沒有權利推給別人！

爲自己生命負責，就必須先找回自己、面對自己，找出自己眞正的方向，

然後——堅定的走去！

回到自我，心，好寧靜，好安詳喜樂！

（民國96年7月25日（三））

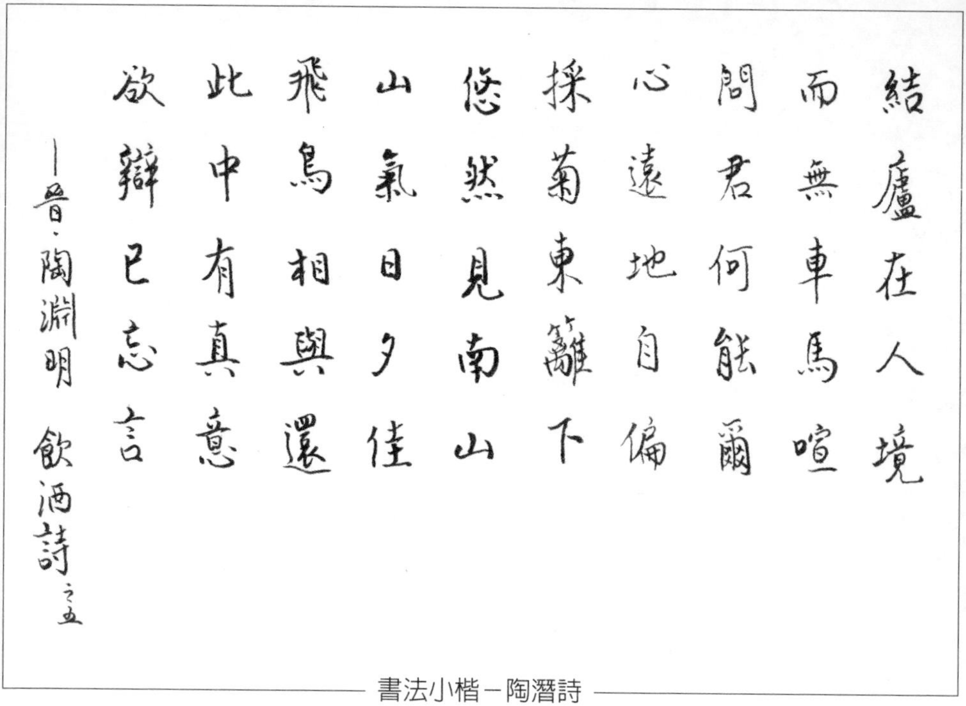

書法小楷－陶潛詩

悠然見南山…

結廬在人境，而無車馬喧；
問君何能爾？心遠地自偏。
採菊東籬下，悠然見南山；
山氣日夕佳，飛鳥相與還。
此中有眞意，欲辯已忘言。

——飲酒詩（之五）晉·陶淵明

這是我一直以來最喜愛的詩。
呈現一片清新開闊、雲淡風輕、鳥語花香的山林佳景，
彷彿嗅得到芬多精的清涼、聽得見鳥語啾啾……
恬淡曠遠，閒適自得，與大自然融合爲一，
是心靈的悅樂、自在、安然。

（民國96年7月26日）

大自然有白天黑夜

平常與人在一起，都要努力表現正向陽光的一面，負面的情緒常不被允許，總是壓抑著。

可是大自然有白天黑夜呀，有陰有陽呀，爲什麼人不允許有負面心情！

我決定要做我自己，我要忠於我自己，我要爲自己而活！

（民國96年9月2日）

紫紗蕾絲門簾

這幾年我特別喜歡紫色系的東西。

昨天逛市場，買了一個紫紗蕾絲門簾，超浪漫的，很有成熟女人的風韻，掛在臥房門上，嗯—超美的，好溫柔的感覺。

現在流行一句話：要對自己好一點，要好好愛自己。

自己喜歡，不太貴的，就買來滿足一下。

我喜歡佈置家裡，春夏秋冬隨季節變換佈置，舒適美美的家，住起來才舒服呢。

（民國96年9月10日）

聽凱文科恩的鋼琴演奏會

——感動於一位生命的熱愛者，
用鋼琴譜出他的生命之歌……

昨晚聽凱文柯恩的鋼琴演奏會。演奏的大部份是他CD裡的曲子。他是一位幾近於盲的國際級鋼琴大師。昨晚，可以感受到他對鋼琴，對聽眾，乃至對自己生命，的那股眞誠熱愛。他是可敬的，更是可愛的。會後還有簽名會，我這從不崇拜偶像的人，也跟著排了很久的隊給他簽名了。

好喜歡凱文科恩的鋼琴曲，尤其是〈綠鋼琴〉，淡淡的悠閒情懷，很適合心靈沉澱，眞好！

（民國96年9月19日）

秋天的平和澄寧

秋天了，天氣涼爽多了，也讓我感受到一種平和澄寧安定的怡然之氣。連鳥啼聲也平和溫柔了呢。

春天的鳥啼，是喜悅嘹亮的；夏天的鳥鳴，是精神保滿、聒噪喧昂的；到了秋天，鳥語啁啾，平和柔婉，舒泰而愉悅。

我居此「閒雲居」，每日清晨被鳥鳴聲喚醒；夜裡，總伴著蟲吟蛙鳴入夢。四季變化盡在閒情中。

（民國96年9月20日）

今天的日出很美

今天清晨的日出很美！

大約五點五十分的時候，我起來到陽台閒坐。天邊景色朦朧得美，沉靜的遠山，朦朧的一片淡青紫色；與山相連的天空，朦朧的漸層的淡粉橘色；清涼的晨風，柔婉的鳥語……，日出前的寧靜，是這麼清幽柔美。過一會兒，太陽的柔暉緩緩升起，漸漸耀眼燦爛……。

在二樓陽台，一年四季，天天有日出上演，山景時常變換不同，只要天氣好，起得早，天天都可以向太陽道早安，不用大老遠去阿里山，半夜沒睡飽就要起床，在山上吹寒風還不一定看得到呢！住在這裡眞是太美了！

（民國96年9月29日晨）

對於男女感情

走過二十年的婚姻，對於男女感情，以我的體驗、觀察，以及這些年努力的自我成長，加上讀了奧修大師的書，我深心的想法是：

彼此再怎麼相愛，也要認清兩個人是獨立的個體；

相愛還要互相尊重；

給予愛還要給予自由；

愛對方仍不要忘了還要愛自己！

愛情是付出但非取悅；

兩個人不是一體，不是主從，而是平等的伴侶；

要留個空間給彼此！

（民國96年10月2日）

寫佛經好舒服呢

好久沒有寫佛經了，今天來寫，寫了好舒服呢。

以前天天寫，寫了十幾年，這兩三年比較少寫了，偶爾想寫才寫。

每次寫經，好像心靈在泡溫泉般舒服，柔軟的毛筆一筆一畫在柔軟的棉紙上運行舒展；收攝精神，緩緩深呼吸，好像在打太極拳一般，心中漸有甘露清泉流過滋潤；身體微微出汗，整個身心鬆柔暢適，而終達到舒泰安寧平和喜悅的禪境。

（民國96年10月5日）

親筆通信，像悠哉的閒談……

進入網路半年，加入〈交友〉一個半月，對於網路世界人際互動的方式，我的感想是——

送禮的留言是「投石問路」，或是簡單的「哈囉問好」；

留言板留言，好比是「路上相逢」寒暄聊兩句，或是像「電話溝通事情」；

寫電子信，則像是「在茶館坐下談話」；

至於親筆寫實體書信，那就像回到了鄉下老宅院子，端板凳兒、泡壺茶，悠哉的閒談……

（民國96年10月16日）

花草有情如是也！

幾日寒流，
院子裡的桂花，
卻已滿樹滿枝吐芬芳。
香氣襲人，
在寒風中最沁人心脾。

鋼琴上方的一盆黃金葛，
幾年練琴，枝葉長得甚美；
近來上網而少彈琴，
枝葉卻低垂無神……

唉！花草有情如是也！

（民國97年1月6日）

今天的桂花好香喔

今天的桂花好香喔～～
都飄進屋裡來了……
迷你文心蘭，
也結了一串花苞，
等著開花呢……

（民國97年1月10日）

迷你文心蘭開花了

迷你文心蘭，
今晨開花了……

（民國97年1月14日）

迷你文心蘭

人間最美的服裝

一直很嚮往出家。

每當看到出家人，我就一直偷瞄著那一襲僧袍——

或灰色的、或咖啡色、或黃色的，再搭配那僧鞋……

啊！好不風采俊秀！飄逸超脫……簡直是人間最美的服裝啊！

心中悸動不已……

今生怕無緣著此服裝了！

不過，就算要穿，我也得先減肥，好有一身「仙風道骨」來穿它，才有「飄逸」的「效果」；

還得要練就一身奇骨神胎，夏天不怕熱，冬天不怕冷，才穿得住啊！否則夏天流汗、冬天穿多，要怎麼「飄逸」呢？

哈哈…，看來我是無緣了！

（民國97年1月16日）

清音香茗伴讀詩

今晚，
一個人靜靜的在房裡……

一盤沉香，
幾曲古箏，
一壺清茗，
幾首唐詩……

與李白同高歌，
和杜甫共沉吟……

少年時讀唐詩，
愛那文字優美、音韻成誦，
讀來有種莫名的感動。
青年時期，進入中文學域解析唐詩，
讚歎那技法對偶文字的精深造詣。
而今中年歷經人世悲喜，再讀唐詩，
一任情感與詩人同歌同歎同喜同泣……

蔣捷的〈虞美人〉：
「少年聽雨歌樓上。紅燭昏羅帳。
壯年聽雨客舟中。江闊雲低，斷雁叫西風。
而今聽雨僧廬下，鬢已星星也。
悲歡離合總無情。一任階前，點滴到天明。」

讀唐詩，乃至其他文學作品，隨著人生歷程的變化，也會有不同的感受與體會呀！

——〈漁舟唱晚〉清音雅韻寒夜伴讀詩，

一任煙波江上雨過風輕笑看人間悲喜時……

——自在主人隨筆（民國97年1月24日）

註：

〈漁舟唱晚〉，我最喜歡的古箏名曲。其曲意境，開始時悠然而入，漁舟在江上閒雅自適；其後風雨漸來，接著雨驟風狂，漁舟奮力搏鬥；而後雨過風平，雲淡風輕，悠揚而歸。

春寒料峭中，春天悄悄來臨了！

天氣好冷，讓我想起一首寒夜的詩——

寒夜客來茶當酒
竹爐湯沸火初紅
尋常一樣窗前月
纔有梅花便不同

——〈寒夜〉宋・杜耒

春寒料峭中，春天悄悄來臨了！

（民國97年2月14日）

心也歇歇⋯

在畫畫班的課堂上，老師拿了這幅畫給我練習。

看到這幅畫，我真是好喜歡——

多麼純真美好的畫面啊：

在寧靜的林中，巴蕉樹下，

天真無邪的小女孩，玩累了，睡著了；

原本兇惡的大鱷魚也睡了，睡相也那麼可愛⋯⋯

這幅畫給我的感覺，

小女孩與大鱷魚，彷佛各自代表了「正」與「邪」兩種面向，

不只是外在環境的「正」與「邪」，

水彩臨摹－小女孩與大鱷魚

同時也是我們內心的「正」與「邪」、「純真」與「煩惱」，
這兩種能量無時不在我們的外在與內在作戰著……
我們的心，什麼時候能休息呢？
很喜歡日本一休和尚的名言：「雨下風颳，不如一休！」
禪宗的祖師也説：「無善無惡，是本來面目。」
讓一切執著計較紛爭都停歇吧！
讓我們的心也歇歇吧！
小女孩與大鱷魚都安詳的睡了……
林中是那麼的寧靜祥和。

（民國97年1月31日）

吃稀飯…

這幾天過年，很冷。早上煮稀飯吃。

每當疲累體力差的時候，一碗熱呼呼、軟綿綿，有著米飯清香的白稀飯，啜食起來，眞是舒服極了，五臟六腑都像熨燙滋潤過一般！

我喜歡配著酥鬆的肉鬆，或飄著庥油清香、帶一點點辣味的豆腐乳，或者鹹綿滋味的鹹蛋（其實是愛那蛋黃），搭配來吃，啊！簡直是人間美味呀。

或者，與其說是配稀飯吃，不如說是爲了享受這幾樣古早美食而吃稀飯的啊！呵呵……

（民國97年2月10日）

好冷喔！

這幾天眞的是好冷喔！晚上十度，白天十四度！

在這種過年氣氛還很濃厚的時節，眞的是偷懶賴床的好時機呀！呵呵呵…

這幾天我都沒有疊被子收拾臥室……

感覺上，如果收拾整齊乾淨了，空蕩蕩的視覺，令人覺得更冷！

棉被寢具攤在那兒，似乎暖和多了，而且好像可以隨時鑽回被窩去「冬眠」一般！呵呵…

平常生活嚴謹，整齊慣了的我，在這種冷天，偶爾縱容自己一下，感覺眞是快樂！

偷懶有理，哈哈哈……

（民國97年2月14日）

放水?

記得孩子小時候，小學時期吧，有一天傍晚，洗澡時間，「把拔」吆喝著小朋友去「放水洗澡」！小朋友大聲應：「好——」

過了一會兒，「把拔」喊著：「小朋友，水放好了嗎?」

「放好了——」小朋友大聲回答。

「水咧?」面對空空的浴缸，「把拔」問。

「啊你不是叫我們放水嗎?我們就把水放掉啦!」小朋友理直氣壯的回答。

「……」

於是他們父女開始討論起「放水」的語言定義……。

（民國97年2月14日）

處處聞啼鳥…

春眠不覺曉，
處處聞啼鳥。
夜來風雨聲，
花落知多少？
——唐．孟浩然〈春曉〉

我的居所「閒雲居」，靠近山區。曾經有一段時間，大概是春夏時節，我日日清晨五六點的時候，被一大群吱吱啾啾的鳥啼聲喚醒。啊！天亮了啊？打開窗戶，晨光剛剛大白，空氣清新，吱吱啾啾的鳥啼好不熱鬧，充滿了晨曦歡喜的朝氣。徜徉在一大片鳥啼聲的春夏晨光中，整個人也煥發了清新的生命力呢。不由得就令我想起孟浩然這首家喻戶曉的有名詩句來。

我很喜歡這首詩。這首詩題爲〈春曉〉，抒寫的就是春日清晨在一大片鳥鳴聲中，悠然而醒來的閒適情懷，倒很像是我的生活的寫照呢，眞是令人歡喜。

（民國97年4月14日）

夕陽晚風伴我行

與一個朋友，本來約在今天下午會面的，後來她有事，提前約在昨天下午六點鐘。

本來我不太喜歡約在這個時段的。

昨天傍晚，沐浴後，神清氣爽，騎車出門，但見夕陽餘暉，天邊晚霞，甚是美麗。晚風清涼，迎面拂來，眞是舒暢。路上下班人車很多，而我卻是悠閒的享受這一路的暮色……，啊！眞是好極了。

見到朋友，我把這份閒情逸致與夕陽晚風分享給她，忙碌的她說：「眞好！妳好詩意喔！跟妳在一起還可以分享這些。」

我說：「隨遇而安啊，本來不喜歡約這個時段，既來之則安之，就好好享受當下啊！」

（民國97年4月17日）

我的第二十一個母親節

今年是我第二十一年的母親節。

在台北唸大學三年級的女兒，回來給我祝賀。

昨晚和兩個女兒聊天，她們聊學校的趣事，講到某同學欠缺家庭教養。於是我跟她們講起了，從她們小時候，一兩歲開始，我是如何一點一滴教導她們種種生活細節，從穿衣扣扣子、刷牙洗臉疊被子等開始，並且三歲起學做簡單家事……，一點一滴都用童話遊戲的方式教導（我還表演給她們看），讓她們樂於學習。直到現在她們什麼家事都會做，也很獨立自主，並且知足、節儉，自在的做自己，不會盲目跟流行。

兩個小朋友聽了都說：「媽，妳太強了！怎麼那麼厲害，有那麼多創意點子，那麼有耐性！」

在我辛苦的調教下，去到任何地方，人家都誇我們小孩乖巧懂事。

到今年，兩個女兒都成年了，每次都還要跟我親親抱抱，在一起就有講不完的話。她們會分享趣聞、分享心事、分享心靈成長心得、跟我討論生涯規劃……。我是她們的媽媽、知心好友、生活顧問、心靈導師、人生諮詢師等等。

我的朋友都羨慕極了，說我們母女這麼要好！說我「命好」！我說，這是我多少心血調教培養來的。

這是我做母親二十一年，最感安慰的事！

（民國97年5月10日）

在鳥啼聲中悠悠醒來……

近來每日清晨，都在一片吱吱喳喳、啁啁啾啾的鳥啼聲中，悠悠醒來……

眞是「春眠不覺曉，處處聞啼鳥」啊！

迎著晨曦，伴著鳥聲，吹著微風，做晨間運動，打太極拳，身心眞是無比舒暢啊！

（民國97年5月12日）

和太陽道「早安」！

清晨，總被充滿朝氣活力的鳥啼聲喚醒，
牠們是我最悅耳的鬧鐘！
喚我醒來，打開窗戶，呼吸一天中最清新的空氣；
五點四十三分的時候，看著遠山，迎接太陽君臨天下的初昇……
由橙紅而展現光芒，而萬丈金輝不可逼視……
日出的美景，天天在我窗前山頭上演，讓我不忍錯過！
雙手合十，和太陽道聲「早安」，是一天中最喜樂的事！

（民國97年5月27日）

雨天休息養元氣！

今晨五點鐘醒來，天際好厚的雲層！
不久，果然下起大雨來了！
哇！太棒了！今天就不用出去運動打拳了！
嗯——太好了！繼續賴床睡覺！
眞是——

「夏眠不覺曉，
處處聞啼鳥；
忽聞風雨聲，
繼續來睡覺！」

偷懶有理！賴床萬歲！
晴天美好有活力，雨天休息養元氣！
啊哈！眞是不亦快哉！

（民國97年5月29日）

下大雨，練琴最棒！

昨晚下好大的雨啊！

雨聲大得連在屋裡講話都不大聽得清楚了！

那時我正在練鋼琴。

九點多了，平常這時該收了，免得鄰居來抗議！

雨很大，我真是開心極了……

繼續放心大聲練琴，不用怕鄰居來按鈴……

啊！真是太快樂了！彈琴彈得好舒服啊！

這幾天的心情札記，記著：

晴天早起運動好，

雨天休息元氣好，
陰天涼風吹人好，
大雨練琴最美好！

時時刻刻都美好啊……

（民國97年5月31日）

綠草地上的小白傘

這幾天下雨下多了，晨起運動，看到公園綠草地上，長出了好幾個白色帶花紋的小野菇，「傘」的直徑大約五六公分，也大約五六公分高，東一朵、西一朵的，散布在綠草中，眞是好可愛！

每當走過，看著這些綠草地上的小白傘，就覺得它們似乎在跟我招手微笑呢！

大自然的生命，就是這麼的奇妙可愛啊！

（民國97年6月7日）

桂花開了

十月初的涼秋，
無意中聞到了熟悉的花香，
原來是——
院子裡的桂花開了，
不時飄來陣陣花香……
眞是好歡喜呀！
往年常常陪伴我彈琴，
琴韻花香，眞是浪漫極了！
今年依舊，
眞好！

（民國97年10月7日）

與莊周同逍遙之遊

閒雲野鶴，與莊周同逍遙之遊……

「挾飛仙以遨遊，抱明月而長終……
浩浩乎如馮虛御風，而不知其所止；
飄飄乎如遺世獨立，羽化而登仙。」（蘇東坡·赤壁賦）

前二日，再度到清境山莊小住。
於清境高山之巔，靜夜仰觀繁星，感受宇宙浩邈，無窮無邊……
晨登合歡山，領受山岳頂峰之壯偉雄闊，大地莊嚴沉渾無盡……
思索宇宙人生……所為何事……

宇宙浩邈之繁星、山岳壯闊之頂峰，雖非初見，如今卻隱然召喚著我的靈魂，震懾久久不去……我來自宇宙星河之一方，暫遊此娑婆世界之一角，人間紛擾無窮，遂思與莊周同逍遙之遊也。

（民國97年7月1日）

那一個寧靜的片刻……

颱風天，雨驟風狂。
終歸——
靜夜、蟲鳴……。

（民國97年7月29日）

甘露清涼

靜夜。
靜心。
獨坐。
玻璃杯，淺斟一杯白開水，
緩緩品嚐……。
清涼了喉，
也清涼了心……。
甘美了味覺，
也醒覺了心。

（民國97年7月29日）

「天蒼蒼，野茫茫…」想像啊……

最近覺得很疲乏，什麼事都不想做，只想休息，放空自己。

晨起，依例運動。散步到社區公園，卻不想動。

今天陰天，涼涼的晨風，吹來很舒服。

黑板樹下，有一排長水泥凳，便坐下來，喘口氣，深呼吸，發發呆……。

視野綿延，望向蒼翠的遠山，讓思緒放逐，像放學的小學生，任意嬉鬧奔跑……。

四周沒什麼人，索性躺下來……

啊——眞是舒服啊！

筆直高大的黑板樹，在眼前矗立，樹冠如傘，覆蓋上頭。

望向天空——只有躺下來，才能如此仰望天空，看見它的廣大無垠……

望向四週，綠草如茵，眞有「芳草碧連天」之感。

水泥凳兒涼透背脊，涼風輕拂，鳥語啁啾……。

不由得想起小時候讀過的詩：「天似穹廬，籠罩四野。天蒼蒼，野茫茫，風吹草低見牛羊。」

想像啊，讓想像馳騁在蒙古大草原，廣闊無比的大自然，天空就是屋頂，大地就是眠床，草原的風就是免費的風扇，鳥語就是最美的樂章……。

在開闊的天地間，還有什麼好煩悶，好憂心！

飄雨了，我聽見樹冠上頭滴滴答答的雨聲，而我只有滴到一兩滴雨，原來是黑板樹為我遮雨了，感覺眞是幸福啊！

既然這樣，那就繼續躺著發呆想像吧，想像啊，想像自己躺在大地母親的搖籃裡，晃呀晃，晃呀晃……。

（民國97年9月11日）

錯過了曇花……

兀自花開……
兀自花落！
雖然無人見聞、無人驚歎，
我也要努力綻放——
那僅有一夜的純淨高貴！
……………………………
前天，就看到了花苞。
昨天早晨，已經看到花苞長大翹起。
想著：「今晚會開花，要記得來看。」
終究，還是沒來得及欣賞。
今早，已看「她」合起垂下了。

好幾次，我都錯過了曇花……
那如白孔雀開屏般的潔白驚豔，
那如仙女下凡的高貴聖潔，
還有那滿院的清香……
曇花一現啊——
忙碌的心竟相遇不著啊！

（民國97年9月27日）

啊！稀飯真是好吃啊！

晨起，在清涼的晨風中打拳運動……
打完拳，身心眞是舒暢、心靈沉靜安適……
緩緩調息呼吸……散步回家……
點盤檀香，靜坐片刻，養氣收心……

然後盛了一碗已煮好的粥，
熱騰騰、軟綿綿的白粥，
此時吃來眞是舒服啊！
打拳運動之後吃起來，感覺特別貼適——
五臟六腑如同熨燙過般舒柔……

啊！稀飯眞是好吃啊！
心清吃得米飯香，無憂喝得清水甜呀！
萬緣放下之後，一切眞是歡喜感恩啊！

（民國97年10月24日）

叫「阿姨」？還是叫「阿婆」？

那天去公園打拳運動。

看到一個可愛的小娃兒跑跑跳跳過來，很可愛，大約兩三歲。身後跟著一位年約五十幾的中年男子，大概是小娃兒的阿公。

我說：「弟弟好可愛唷！你幾歲？」

身後的中年男子笑著叫小娃兒：「叫阿婆好！」

我愣了一下，回說：「叫阿姨啦！我還沒那麼老啦！」

那男人不識趣的堅持：「叫阿婆啦！」

然後跟我解釋：「他媽媽二十七歲了呢！」

我沒再說話，懶得再理他！

想想這些年，每個人看我都不一樣呢！

有的人問我結婚沒？（看起來不像已婚的？）有人以爲我還是少婦，跟我推銷幼兒玩具、兒童讀物，我說我小孩都上大學了！銷售員一臉驚訝的說：

「妳好年輕喔，都看不出來！」

跟女兒出門走在一起，曾被認為是姐妹！

這些都讓我心裡樂透了！

可是每回遇到二三十歲的少婦，帶著幾歲的娃兒，這是該叫我什麼呢？叫「阿姨」，太「資深」了；叫「阿婆」，還不到！

「五年級」前段班的我，眞不知如何是好？

（民國98年11月2日）

〈笑話人生〉

——笑話皆出於一時靈感，名取「笑話人生」，「話」是名詞，也是動詞……，其中意味，淺斟可也。

吃巧克力會胖？

一個因減肥過度，生命垂危被送到醫院的病人；她的好朋友帶著她以前最喜歡的金沙巧克力來看她。

病人看了禮物一眼，緊張的用虛弱的聲音說：

「不行…不行！吃巧克力會胖！」

（民國97年2月4日）

〈笑話人生〉

正經？

上國語課。

老師說：「人很規矩，叫做『正經』，……」

一語未了，小明舉手問：「那—『神』很規矩叫做什麼？」

老師：「……」

小明說：「我知道！叫做『神經』！」

（民國97年2月26日）

〈笑話人生〉

黑白對立

小明問媽媽：

「媽！妳覺得黑比較好，還是白比較好？」

媽媽：

「當然白比較好啊，白代表純潔啊、光明啊、善良啊；黑代表污濁、邪惡、黑暗啊。這──你還不懂？」

小明：「那──妳爲什麼要拔掉白頭髮咧？」

媽媽：「……」

──晨起對鏡，一時靈感

（民國97年10月14日記）

〈笑話人生〉

「愛」的比較級

女：「我是不是你最最愛的人？」

男：「不是！」

女：「什麼!?我不是你最最愛的人!?好！你給我交代清楚！」

男：「如果妳是我最最愛的人……，

那麼，妳是說……我可以有四個女朋友，

分別是：我愛的、我比較愛的、我最愛的，以及妳—我最最愛的囉？」

女：「……」

（民國98年6月19日）

〈笑話人生〉

「千」與「萬」的差別

小明正在寫國語作業……

哥哥問小明：「弟，你喜歡『一千』還是喜歡『一萬』？」

小明：「我喜歡『一千』！」

哥哥：「爲什麼？『一萬』比較多耶？」

小明：「對呀！『一千』的筆畫比較少啊，比較好寫……」

（民國99年2月13日）

白玉泡菜

以前吃過媽媽做的一種「白蘿蔔泡菜」，很香，很好吃，跟一般的高麗菜、大白菜用醋或辣椒做的泡菜不一樣。好幾年前我做過一次。最近女兒說要做，我就把這「外婆的秘方」教給她。因爲「白蘿蔔泡菜」呈現一種半透明的白色，我就把它取名爲「白玉泡菜」。

作法如下：

〈材料〉：

1. 白蘿蔔、紅蘿蔔各一條。以白蘿蔔爲主，份量比紅蘿蔔多些。
2. 小辣椒數條、花椒一些。鹽適量。

〈作法〉：

1. 白蘿蔔、紅蘿蔔去皮、洗淨，切薄片，約3公分大小、0.3公分厚薄。然後攤在濾水的網盤上，日晒或風乾約半天至一天，稍曬乾去水份是爲了容易入味兒。

2.小辣椒洗淨、去籽、切段。花椒稍捶碎。

3.將曬過的白蘿蔔、紅蘿蔔，用冷開水稍沖洗一下。

4.找個乾淨的密封罐，將所有材料放入，加入冷開水浸泡。鹽份以湯汁嘗起來要覺得比平常鹹才夠入味。

5.將罐子密封約一至二週，就可以享用了。注意夾取須用乾淨的筷子、餐具。

（民國97年1月31日）

心靈的珍珠

將生命中的沙礫，孕育為——心靈的珍珠……

心靈珍珠——

有時候，
對人生、對生活、對某些事
心中有些許省思與領悟
像是從生活的蚌殼中
孕育出來的珍珠
不耀眼奪目
卻圓潤光澤
可以細細品味……

慈母的懷抱

厭煩了塵勞枷鎖
渴望恬靜自由
追求生命的永恆之美……

素描作品－觀音像

「回來吧！
孩子！」

菩薩如是呼喚：
「回來吧！
歷經風霜、滿身塵泥、憔悴不堪
的孩子啊！
回來，回到慈母的懷裡來吧！
我給你平安，給你喜樂，
給你自在無礙……」

（民國83年7月3日）

家

許多人，胼手胝足，綢繆計慮
為家人打造、構築一個舒適的家
好讓生活安頓下來……

只是，人的「心」呀
是否也找回了溫暖的「家」
可以安頓下來——
滌洗塵泥，撫慰風霜
遠離愁惱，不再奔忙
重獲恬靜自由
喜樂豐足
自在…無礙

（民國91年寫）

純淨

清明的心靈
透澈的思想
廣大的胸襟
往往來自——
簡單
樸實
純真
自然
的生活。

（民國91年寫）

壓力

一件事，
被動時，是「壓力」；
化為主動，則是——
承擔、責任、與期許。

能夠自我作主的人，
沒有壓力，
只有承擔，只有本份事。

真正有智慧的人，
則歡喜承擔起——
真實的永恆生命。

（民國91年寫）

自在

一件事，
要能入乎其中，
還要能出於其外。

入乎其中，
才能全力以赴，心安理得；

出於其外，
才能觀照真相，
超越得失，心無掛礙。

（民國91年寫）

書法及花器設計作品

玉

古老的中國
有一種美石
叫做玉——

厚實
內斂
堅硬
而柔和

沒有璀璨耀眼的光芒
優雅地含透著細緻溫潤的輝光……

眾家寶石
色美
唯獨「玉」
質美。

（民國91年寫）

平常心

看待風雨如晴天般正常
看待波濤洶湧如風平浪靜般正常

一年的天氣變化
大海的波浪變化
本即如是

平常心看待一切
人生處處可以
自在安然。

（民國91年寫）

開一扇窗

「忙」，
是一扇深鎖的大門，
將你的心關住。
生命中美好的事物、風光，
從你門前掠過，你無從領略……

但是，
你的心可以為自己，
開一扇窗，呼吸一下……

（民國93年寫）

是非對錯

「是非」、「對錯」……
爭不完、辯不清、解不了……
徒增怨結苦惱……
唯有——
看淡「是非」、放下「對錯」
才能解脫，才得自在安然……。

（民國93年11月寫）

助人

助人，並且維護對方的
尊嚴，讓人歡喜悅納
而不自卑愧恥，
才是真善行。

（民國93年11月16日）

完美與知足

追求完美，是進步的動力，也是
煩惱的根源……
放下追求與不滿，
珍惜擁有、發現美好、知足感恩，
快樂與滿足，就會盈滿心懷。
世間的好壞，其實都在一念之間。

（民國94年11月26日）

經歷

將經歷拓展為閱歷
將經驗深化為體驗
將責任內化為承擔
將苦惱提煉出智慧

——生命因而開展了寬度、廣度、與深度。

（民國94年11月26日）

拍照

每個人都會拍照
懂得選取適當的距離、適合的角度
留下最美的畫面。
如果能夠學習當人生的攝影師
在生活中、在生命中，選取、捕捉
最美的當下
人生的相本，將豐盈美好。

（民國94年11月26日）

無價

有一種「免費」，
叫做「無價」……
不費錢，而錢也買不到。

（民國94年12月6日）

一個人

一個人，
可以是孤單、寂寞、無依無靠；
也可以是心無掛礙、自由自在……

（民國94年12月7日寫）

自然

自然法則
就是自然。
刻意追求所謂的「自然」
就「不自然」了。

（民國94年12月7日）

無價之寶

有價之寶，以財富取之；
無價之寶，唯有智者能得。
慧眼能識無價之寶並受用之，
是世間真有福之人。

（民國94年12月8日）

主角

每個人都希望有一個舞台，
有的人希望能做主角……

其實，「人生」本來就是「舞台」，
時時刻刻都在上演……

每個人在自己的人生中，
都是「主角」！
要能當下認取，演好「自己」這個角色。

（民國94年12月8日）

海闊天空

海闊天空，
在取捨之間……

（民國94年12月26日）

蠟燭與電燈

有人歌頌「蠟燭」——
「燃燒自己，照亮別人」
的犧牲精神，並效法它；

而我們也可以選擇做——
有電源、有開關的「電燈」，
懂得接上「電源」，並適時「開」「關」
而可以照得更亮，用得更久……

（民國95年1月6日）

物的主人

用物，而不役於物；
惜物，而不累於物，
才能成為物的主人。

（民國95年11月2日）

傾聽內在

傾聽內在的聲音，
做自己生命的主人……

（民國95年11年12日）

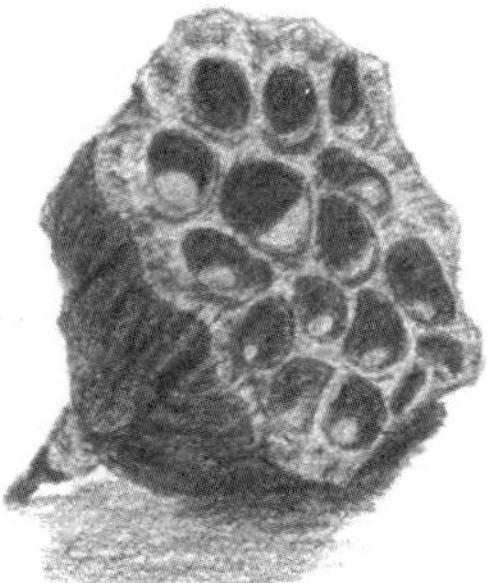

找回自己

找回真正的自己，
生命的意義就在「做自己」。

（民國95年11月12日）

回歸本心

盲目的宗教信仰，
　與盲從的宗教活動……
不如回歸自己的本心，
　老實做人、實在做事、踏實生活……
心安理得，就是佛祖神仙……

（民國95年11月15日）

真心付出

「助人」，並不是藉由別人的苦惱來彰顯自己的能力與價值。真心付出，才有真樂。

（民國95年11月15日）

關心

關心，卻不干涉。

關心，能夠同時給與
自由、尊重、與信任，

這樣的關心，
才能成為一股暖流……

（民國96年3月12日寫）

慈悲與智慧

慈悲容易得，智慧最難修。
慈悲與愛，善心與好意，
如果沒有智慧來駕馭，
猶如馬力十足的車子，只有油門，
卻沒有方向盤與煞車……

福慧雙修，悲智雙運，
是平凡人吉祥如意的法寶，
是大乘菩薩行圓滿的極致。

（民國96年3月12日）

超越苦惱

世間苦惱，
當將你逼近懸崖邊時，
就是覺悟與超越之機。

（民國96年3月17日）

放下與超脫

對於世間種種事，
唯有深入觀察、了達與透徹，
才有真正的「超脫」。

對於自身的苦惱與困境，
唯有如實面對、承擔與解決，
才能真正的「放下」。

（民國96年12月29日）

閒雲心詩

用詩句捕捉——
剎那間的心靈感受……

山裡的木棉

一小朵雲
　一小朵雲
一小朵雲
從綠色的天幕
輕　輕
　輕　輕
　　飄　下……
落在山間、樹梢、塵土上
如雪覆，彷彿耶誕的腳步……
不是冬日，而蟬聲唧唧徹山谷——

鳥聲啁啾宛轉
在夏日的山裡

（原刊登於民國92年6月19日國語日報）

一杯咖啡

粗獷的黝黑
挽著細膩的雪白
在瓷杯的世界裡
沖入了沸騰的熱水

握著瓷杯的手
將他們撥動、旋轉……
迴旋、起舞……

直到彼此融成一體
散發香醇迷人氣息

請記得添加一些糖
才能調出甜蜜滋味兒
並且在——
有生之年
細
細
品
嘗

（癸未年冬夜飲咖啡有感）
（民國92年12月20日夜作）

吟

薰衣草
迎風搖曳
在藍天上
寫下
芬芳的
詩句

（民國93年12月23日寫）

倦

小船，
載著我的心，
漂流去……

太陽說：
「我也想放假。」

（民國93年12月23日寫）

契

宇宙，浩瀚星河
我是其中一顆星子

人間世，我來……

無始劫輪迴
凡塵，曾有我無數滄桑的履痕……

仰望星空，
放眼人世
宇宙遊子，飄泊的靈魂

未知歸鄉何處？
只為尋覓——
可共交會的星子、靈魂的契音……

佛陀座下、拈花，等待著迦葉的微笑
繁星點點，可有相契的星子
何時可共交會、互放光亮
慰撫紅塵憔悴孤寂的靈魂……
我便可以　不再輪迴
不再輪迴……

（爲一首曲子寫的詩，民國94年9月29日寫）

自在何方

我來到你的心靈
像來到一片大草原
天蒼蒼
野茫茫

我來到你的心靈
像翱翔在一片
廣大的天空
片片白雲
從眼前飄過

我來到你的心靈
像悠游在
無際的大海
光影與水聲
從耳畔掠過

不是一個「對象」
可欣賞可喜歡可愛；

一種　感覺不到
彼此存在
的自然、自在
無礙、無邊——
當同在時……

（民國95年5月1日寫）

停泊之一

一枝筆，
是一葉小舟；
一本札記，
是一灣淺淺的港灣；
我的心，
在此停泊……

眷戀海風，
如母親溫柔的手輕拂；
聆聽海潮，

如母親溫柔的心跳。
藍天是我的家，
雲兒是我的溫床……
小船搖晃在港灣裡，
做著永遠的夢……

（民國97年2月1日寫）

停泊之二

一個茶杯，
是一個港灣，

讓倦遊的舟子靠岸……

注滿清香的甘泉，
滋潤撫慰疲憊的遊子。

港灣恣意徜徉，
徜徉在陽光下的沙灘，

白雲在眼前飄過，
飛鳥在頭上迴翔。
海濤聲依然澎湃，
澎湃呀，是母親的胸膛……

（民國97年2月2日寫）

色鉛筆作品－茶杯

童心翩飛

——吹泡泡記

夢幻琉璃吹呀吹
童年的夢呀飛呀飛
串串繽紛啊串串的夢
飛過花草　飛過小池　消逝在空中……

夢幻琉璃吹呀吹
童真的心呀再飛一飛
飛過童年　飛過青春　飛到中年的我
琉璃已消失而夢永在心扉

〈小記〉

去年十二月的某個禮拜天，
我和「大哥哥」再次來到兒童公園。
陽光很溫煦，風有些冷。
十幾年，兒童公園沒變，
那間有點雜亂的小雜貨鋪沒變，
店員小姐卻已成了歐巴桑。
我們買了一些童年零食，「大哥哥」買了一瓶吹泡泡。

我們散步走過曾經牽著小孩的手散步走過的步道，走過溜滑梯、走過鞦韆……
來到曾經帶著小孩遊戲奔跑的草地、水池邊，
欣賞著曾經和小孩一起欣賞的噴水池。

小孩已長大，不再來「兒童」公園，

「大哥哥」拿起吹泡泡吹一吹，然後換我吹。
在池邊，溫暖的陽光下，
吃著零食，吹著泡泡……
回味著自己的童年，還有小孩的童年。

泡泡飛揚，童年已遠，
一顆純眞的心，依然穿越時空，有如蝴蝶起舞翩然，
在冬日的陽光下，綻放屬於中年的歡顏……

（民國97年2月2日寫）

秋日清晨的鳥語

你可曾靜心聆聽
清晨的鳥語

秋日清晨的鳥語
清亮柔和而宛轉
啁啾唧唧……

輕輕喚醒你沉睡的心靈

在晨曦的柔光中
在清新柔涼的晨風裡

翩然……迴盪……

（民國97年10月29日寫）

初夏山行

初夏。
山行。
蟬聲響徹山林……
鳥語、蟲鳴，宛轉低吟……
在寂靜的綠林間
白鷺鷥，翩然飛過……

（民國98年5月17日寫）

閒雲書齋（01）

雲水無心

作　　者・自在主人
內頁插圖・自在主人
特約主編・吳碧玲
總 編 輯・水　邊
編輯主任・徐錦淳
專案編輯・蔡谷英
編輯助理・劉承薇
美術設計・張禮南
出版經紀人・張輝潭
企劃主任・楊宜蓁
營運部副理・王景康
營運部主任・楊媛婷
經銷代理・黃麗穎
倉儲管理・焦正偉
發 行 人・張輝潭
出版發行・白象文化事業有限公司
402台中市南區福新街96號
電話：（04）2265-2939　傳真：（04）2265-1171
購書專線：（04）2260-9961
印　　刷・基盛印刷工場
版　　次・2010年（民99）六月初版一刷
定　　價・新台幣280元

國家圖書館出版品預行編目資料

雲水無心／自在主人著．一初版．一臺中市：
白象文化，民99.06
　面：　公分．——（閒雲書齋；01）

ISBN 978-986-6453-99-1（平裝）

855　　99008737

設計編印

印書小舖

網　　址：www.PressStore.com.tw
電　　郵：press.store@msa.hinet.net